Von James Blish
ist bereits im Goldmann Verlag erschienen:

Die Original-Abenteuer von Raumschiff Enterprise 1
Der unwirkliche MacCoy · 23730

Die Original-Abenteuer von Raumschiff Enterprise 2
Strafplanet Tantalus · 23731

Von James Blish
ist außerdem in Vorbereitung:

Die Original-Abenteuer von Raumschiff Enterprise 4
Das Silikonmonster · 23733 (Juli 1986)

Die Original-Abenteuer von Raumschiff Enterprise 5
Der Asylplanet · 23734 (September 1986)

SCIENCE FICTION

ABENTEUER

JAMES BLISH

RAUMSCHIFF ENTERPRISE 3

Spock läuft Amok

STAR TREK® 3

GOLDMANN VERLAG

Aus dem Amerikanischen übertragen von Hans Maeter,
überarbeitet von Hermann Urbanek

Made in Germany · 4/86 · 1. Auflage

Adapted by James Blish based on the television series
created by Gene Roddenberry.

Eine frühere Ausgabe erschien unter dem Titel »Enterprise 3« 1972
im Williams Verlag, GmbH, Alsdorf
Umschlagentwurf: Design Team München
Umschlagillustration: Eddie Jones/Agt. Schlück, Garbsen
Satz: IBV Satz- und Datentechnik GmbH, Berlin
Druck: Elsnerdruck, Berlin
Verlagsnummer: 23732
Lektorat: Hermann Urbanek/Peter Wilfert
Herstellung: Peter Papenbrok
ISBN 3-442-23732-7

Inhalt

[1] TV-Titel: Kennen Sie Tribbles?
[2] TV-Titel: Planeten-Killer

[3] TV-Titel: Ein Planet genannt Erde
[4] TV-Titel: Weltraumfieber

Die Sache mit den Tribbles

Niemand scheint zu wissen, woher die Tribbles stammen, obgleich sie sich in sauerstoffhaltiger Luft und bei erdähnlichen Temperatur- und Druckverhältnissen wohl zu fühlen scheinen. Neugeborene Tribbles sind etwa zwei Zentimeter lang; die größten etwa dreißig Zentimeter.

Ein Tribble sieht aus wie eine Kreuzung zwischen einer Angorakatze und einem kleinen Sack. Es hat weder Arme noch Beine, keine Augen und eigentlich auch kein Gesicht – nur einen Mund. Es bewegt sich rollend oder kriechend fort, manchmal auch durch eine Art pulsierender Bewegung, die es langsam aber sicher voranbringt. Tribbles besitzen ein langhaariges Fell von unterschiedlicher Färbung, beige, schokoladenbraun, goldfarben, weiß, goldgrün, dunkelrot, zimtfarben oder dunkelgelb.

Tribbles sind harmlos, absolut, völlig, kategorisch, unwiderleglich, vollkommen, hundertprozentig harmlos…

Die *Enterprise* fing einen dringenden A-1-Notruf der Station K-7 auf, als das Raumschiff in den Sensorenbereich der Station gelangt war. K-7 befindet sich auf einer Umlaufbahn um den Sherman-Planeten, der sich etwa drei Lichtjahre vom nächsten Außenposten Klingons entfernt und deshalb innerhalb der Einflußsphäre Klingons bewegt – oder auch innerhalb der Einflußsphäre der Föderation, je nach dem Standort des Betrachters.

Beide Seiten erheben Besitzanspruch auf den Planeten. Obgleich er öde und unfruchtbar ist, bedeutet doch sein Besitz auf Grund seiner günstigen Lage zwischen den beiden großen Planetensystemen einen unschätzbaren strategischen Vorteil. Früher, in der vergangenen Epoche, würde eine der beiden Seiten ihn einfach in Besitz genommen haben, und die andere hätte versucht, die Okkupanten wieder zu verdrängen, selbst auf die Gefahr eines Krieges hin – eine Art der Unterhaltung übrigens, die den Klingonen stets viel Freude bereitete.

Jetzt aber gab es den Organianischen Friedensvertrag, der solche aggressiven Maßnahmen untersagte. Nach seinen Bestimmungen gehört der Sherman-Planet niemandem, aber derjenige, der ihn zu nutzen und zu entwickeln verstand, durfte dies unter dem Schutz der Verträge tun und bei erfolgreicher Kolonisation Besitzrechte erwerben.

Unter diesen Umständen war es nicht verwunderlich, daß die *Enterprise* mit Sol-6-Geschwindigkeit und in höchster Gefechtsbereitschaft auf die Station K-7 zuraste, als man den Notruf empfangen hatte.

Aber als das Raumschiff sein Ziel erreichte, konnte es nirgends einen Gegner entdecken. K-7 zog majestätisch und friedlich auf seiner Bahn um den Sherman-Planeten, und die Sensoren faßten nur ein einziges Ziel auf: einen einsitzigen Gleiter, der die Station in einer Parkbahn umkreiste.

Verblüfft und irritiert setzte sich Captain Kirk mit Commander Lurry in Verbindung, der sich jedoch weigerte, irgendwelche Erklärungen abzugeben, und auf einer persönlichen Besprechung bestand. Er ließ sich zusammen mit Spock, seinem Ersten Offizier, auf die Station beamen, nachdem er Sulu den Befehl erteilt hatte, die Besatzung der *Enterprise* solle auf Gefechtsstation bleiben.

Als Kirk und Spock in Kommandant Lurrys Büro eintrafen, fanden sie dort noch zwei weitere Männer vor. Kirk ignorierte sie und wandte sich sofort an Kommandant Lurry.

»Sie haben einen dringenden A-1-Notruf ausgesandt«, sagte er. »Bitte erklären Sie mir den Grund dafür.«

»Gestatten Sie, daß ich Ihnen die Situation erkläre, Captain. Wir befinden uns eigentlich noch nicht in einer Notlage.«

»Dann werden Sie dafür zur Verantwortung gezogen werden«, sagte Kirk hart. »Wenn Sie in keiner Notsituation sind, warum haben Sie dann den Notruf ausgesandt? Ich verlange eine Erklärung!«

Einer der beiden anderen Männer sagte: »Ich habe es ihm befohlen, Captain.«

»Und wer sind Sie?«

»Das ist Nilz Baris«, sagte Lurry. »Er ist von der Erde hergeschickt worden, um das Entwicklungsprojekt für den Sherman-Planeten zu leiten.«

»Und das gibt Ihnen das Recht, einen ganzen Raum-Quadranten in Alarmbereitschaft zu versetzen?«

»Mr. Baris«, sagte der zweite Unbekannte steif, »ist der Staatssekretär für Landwirtschaft der Föderation in diesem Quadranten.«

»Also ein Mann ohne jede militärische Befugnisse«, sagte Kirk. »Und wer sind Sie?«

»Das ist mein Assistent, Arne Darvin«, antwortete Baris. »Und jetzt, Captain, wünsche ich, daß alle zur Verfügung stehenden Wachen...«

»Wie bitte?« fragte Kirk. Die Unterredung hatte bis jetzt wenig dazu beigetragen, seine Laune zu bessern, und ihm so gut wie keine Klärung der Lage gebracht.

»Ich werde versuchen, mich klar und deutlich auszudrücken, Captain«, sagte der Staatssekretär. »Ich verlange, daß Sie alle verfügbaren Männer Ihres Schiffes zur Bewachung eines Lagerschuppens freistellen. Das dürfte wohl nicht allzu schwer zu begreifen sein.«

»Es ist zwar einfach zu begreifen, aber alles andere als klar. Um welchen Lagerschuppen handelt es sich?«

»Um den Schuppen mit dem Quadrotritical«, sagte Darvin. Er legte einen Aktenkoffer auf den Schreibtisch und nahm einen kleinen Glasbehälter heraus. Er öffnete ihn und schüttete ein paar Samenkörner in seine Handfläche.

»Bitte.« Er schüttete die Körner in Kirks Handfläche. Der Captain warf nur einen flüchtigen Blick darauf und reichte sie an Spock weiter.

»Weizen«, sagte er. »Na und?«

»Quadrotritical ist kein Weizen, Captain«, sagte Darvin herablassend, »sondern eine neuentwickelte Form von Tritical.«

»Ich weiß noch immer nicht, worum es eigentlich geht.«

»Tritical ist eine überaus ertragreiche Hybridform von Weizen und Roggen«, sagte Spock ruhig. »Dies scheint eine neuartige Züchtung zu sein, wenn mich nicht alles täuscht. Die Urform dieser Gattung, das Tritical, trat zum erstenmal im zwanzigsten Jahrhundert in Kanada auf.«

»Stimmt«, sagte Baris ein wenig überrascht.

»Und es ist die einzige Getreidesorte der Erde, die auf dem Sherman-Planeten gedeiht. Wir haben einen ganzen Schuppen voller Samen hier auf der Station. Es ist von größter Wichtigkeit, daß diese Samen sicher auf den Planeten gebracht werden. Mr. Baris befürchtet, daß Agenten der Klingonen das zu verhindern versuchen könnten.«

»Es wäre erstaunlich, wenn sie es nicht täten«, sagte der Staatssekretär. »Dieses Korn soll der Föderation einen rechtmäßigen Besitzanspruch auf den Planeten verleihen. Logischerweise müssen die Klingonen alles daran setzen, den Transport der Samen auf den Sherman-Planeten zu verhindern. Das Korn muß also geschützt werden. Verstehen Sie jetzt? Es *muß* geschützt werden.«

»Und deshalb haben Sie einen dringenden Notruf ausgesandt? Für einen Lagerschuppen voller Saatgut?« Kirk blickte ihn kopfschüttelnd an. »Eigentlich sollte ich Sie auf der Stelle festnehmen. Wenn ich es nicht tue, dann nur deshalb, weil ich genau wie Sie alles Interesse daran habe, daß der Sherman-Planet in den Besitz der Föderation kommt. Sie haben Glück, denn ein Mißbrauch des Notruf-Kanals Eins ist ein schweres Verbrechen.«

»Ich habe keinen Mißbrauch...«

»Captain Kirk«, unterbrach ihn Lurry hastig. »Könnten Sie nicht wenigstens zwei Posten aufstellen? Wir haben in letzter Zeit einen ungewöhnlich starken Raumschiffsverkehr beobachtet und...«

»Verstehe.« Das stimmte tatsächlich. Kirk wandte sich an seinen Ersten Offizier. »Was denken Sie, Mr. Spock?«

»Es wäre eine logische Vorsichtsmaßnahme, Captain.«

»Gut.« Er zog seinen Kommunikator heraus. »Kirk an *Enterprise*. – Leutnant Uhura, Alarmzustand beendet! Lassen Sie von den Gefechtsstationen wegtreten, und schicken Sie bitte *zwei* Posten herunter. Sie sollen sich bei Commander Lurry melden.«

»Jawohl, Captain.«

»Außerdem geben Sie allen wachfreien Männern Landurlaub. Ende.«

»Nur zwei Posten?« sagte Baris verärgert. »Ich werde mich über Sie bei dem Sternflotten-Kommando beschweren, Captain.«

»Tun Sie das«, sagte Kirk und starrte den Staatssekretär eisig an. »Aber vorher treten Sie sich selbst einmal kräftig in den Hintern. Dann braucht das meine Flotten-Zentrale nicht mehr zu tun.«

Die Aufenthaltsräume der Station K-7 waren winzig und bestanden hauptsächlich aus ein paar kleinen Läden entlang den gewundenen Korridoren im Zentrum des Satelliten.

Als Kirk und Spock sie betraten, materialisierten sich gerade einige Besatzungsmitglieder des Raumschiffes, darunter auch Uhura und Sulu, im Korridor. Kirk trat auf die beiden zu.

»Wie ich sehe, haben Sie sich beeilt herzukommen«, sagte er. »Mr. Sulu, wir haben eine neue Spezies für Ihr Gewächshaus. – Mr. Spock?« Der Erste Offizier reichte Sulu die Samenkörner. »Man nennt es…«

»Quadrotritical!« rief der Rudergänger erfreut. »Ich habe schon davon gelesen; aber bis heute noch nie eine Pflanze oder ein Samenkorn zu sehen gekriegt.«

»Komm, Sulu«, sagte Uhura. »Du kannst dich damit beschäftigen, wenn wir wieder an Bord sind. Jetzt wollen wir erst etwas einkaufen, solange wir dazu Gelegenheit haben. Kommen Sie mit, Captain?«

»Ja, aber ich habe nicht viel Zeit. Ich vermute, daß der Hyperraum jetzt von dringenden Meldungen nur so zwitschert.«

Der Laden, in den Uhura die Männer führte, war mit einem wirren Durcheinander von Waren angefüllt und schien in keiner Richtung spezialisiert zu sein. Offensichtlich handelte es sich um einen der vielen Makler-Läden, in denen Raumfahrer Souvenirs von fremden Welten verkauften, um Geld für ihren Landurlaub zu erhalten – Souvenirs, die später für den doppelten Preis an andere Raumfahrer weiterverkauft wurden. Es war, wie Kirk feststellte, wirklich nicht der beste dieser Läden; aber K-7 war ja auch nicht die beste Raumstation.

Im Augenblick war kein Kunde im Laden. Nur ein hochgewachsener, dürrer Zivilist stand an der Ladentheke und hatte eine verwirrende Vielfalt von Gegenständen darauf ausgebreitet. Ein leerer Sack lag zu seinen Füßen.

»Nein und noch einmal nein«, sagte der Ladenbesitzer. »Ich habe so viele Argilianische Fallemsteine, daß ich bis an mein Lebensende damit auskomme. Und für den Preis, den Sie verlangen, werde ich sie auf diesem Schrottsatelliten sowieso nicht los.«

»Wie traurig für Sie, mein Freund«, sagte der Mann. Seine Stimme war erstaunlich wohlklingend und melodiös. »Sie werden nie wieder schönere Steine angeboten bekommen. Aber wie Sie wollen.« Der Mann seufzte und steckte die meisten der ausgebreiteten Gegenstände wieder in seinen Sack zurück. Nur ein einziger blieb auf der Ladentheke liegen: ein grüngoldener, runder Ball mit einem langen, seidenweichen Pelz.

»Sie sind wirklich ein schwieriger Kunde«, sagte der Mann. »Alles, was ich Ihnen jetzt noch anbieten kann, sind Tribbles. Ich bin sicher, Sie wollen...«

»Nicht zu dem Preis.«

»Hoppla«, sagte Uhura. »Was ist denn das? Das ist ja lebendig? Darf ich es mal anfassen? – Entzückend...«

»Was es ist?« sagte der Mann und drückte Uhura das Fellknäuel in die Hand, »der kleine Liebling ist ein Tribble, Madame: das süßeste Lebewesen, das wir kennen – außer Ihnen natürlich.«

Das kleine Wesen in Uhuras Hand pulsierte kaum spürbar. Kirk vernahm einen leisen, einschmeichelnden Laut, wie eine Mischung von dem Schnurren einer Katze und dem Gurren einer Taube.

»Oh, es schnurrt«, rief Uhura begeistert.

»Damit will es sagen, daß es Sie mag, mein Fräulein.«

»Ich möchte es kaufen.«

»Das«, sagte der Ladeninhaber, »war die Frage, über die wir uns gerade unterhalten haben und die wir jetzt entscheiden müssen.«

»Mein Freund, zehn Kredits sind ein überaus günstiger Preis. Sie sehen ja selbst, wie sehr die junge Dame das kleine Wesen mag. Und anderen wird es genauso gehen.«

»Einen Kredit«, sagte der Ladeninhaber.

Sulu deponierte seine Samenkörner auf der Ladentheke und streckte vorsichtig die Hand nach dem Tribble aus. »Es beißt doch nicht etwa?« fragte er.

»Sir!« sagte der Mann empört. »Sie wissen doch genauso gut wie ich, daß der Transport bösartiger oder schädlicher Lebewesen von einem Planeten zum anderen strengstens verboten ist! – Tribbles haben keine Zähne.«

»Also gut«, sagte der Ladeninhaber. »Meinetwegen zwei Kredits.«

»Neun«, sagte der Mann.

Der Ladeninhaber blickte das Tier argwöhnisch an. »Ist es sauber?« fragte er.

»Mindestens so sauber wie Sie«, sagte der Mann. »Wahrscheinlich sogar sauberer.«

»Wenn Sie ihn nicht wollen«, sagte Uhura, »dann nehme ich ihn. Ich finde ihn ganz reizend.«

Wieder begannen die beiden Männer zu feilschen. Sie einigten sich schließlich auf sechs Kredits, und der Mann zog nun weitere Tribbles aus seinem Sack. Erstaunlicherweise waren nicht zwei von den Wesen von gleicher Größe oder Färbung.

»Zu welchem Preis verkaufen Sie sie?« fragte Uhura den Ladeninhaber.

»Zehn Kredits. Aber für Sie…«

»He!« rief Sulu plötzlich. »Es frißt meine Samenkörner!« Er strich die verbliebenen Körner hastig zusammen. Das Tribble schnurrte zufrieden und sein Nicht-Gesicht wandte sich suchend von einer Seite zur anderen. Der Ladeninhaber wollte es in die Hand nehmen; aber der Mann kam ihm zuvor.

»Dieses Tribble ist ein unverkäufliches Exemplar«, sagte er, »und ich möchte es dieser jungen Dame zum Geschenk machen.«

»Und damit den Markt ruinieren«, knurrte der Ladeninhaber.

»Mein lieber Freund«, sagte der Mann, »sobald die Dame ihr Tribble herumzeigt, werden Sie sich vor Anfragen nicht mehr retten können. Denken Sie an meine Worte.«

Leutnant Uhura drückte das weiche, gesichtslose Fellknäuel fest an sich, und sein Schnurren – oder Gurren – wurde beängstigend laut. Kirk wußte nicht, ob er sich darüber freuen oder ärgern sollte, Uhura hatte noch nie zuvor irgendwelche Gefühlsregungen gezeigt, jetzt aber benahm sie sich fast sentimental. Natürlich war das kleine, wuschelige Lebewesen sehr niedlich, aber trotzdem...

Piep!

Das war nicht das Tier, der Laut kam aus dem Kommunikator.

»Kirk«, meldete sich der Captain.

»Hier ist Scott. Wir haben eben eine dringende Nachricht von der Flotten-Zentrale.«

»Okay, Scotty«, sagte Kirk, »nehmen Sie sie auf Band. Ich komme sofort an Bord zurück.«

»Jawohl, Sir. – Aber das ist noch nicht alles. Unsere Sensoren haben eben einen Kampf-Kreuzer der Klingonen ausgemacht, der sich mit hoher Geschwindigkeit nähert. Ich habe ihn angefunkt und auch das übliche Identifizierungs-Signal bekommen, aber...«

»Wer hat das Kommando?« fragte Spock. Kirk hatte fast vergessen, daß er sich immer noch in dem kleinen Laden befand. Er gab die Frage weiter.

»Commander Koloth, Sir. Sie erinnern sich bestimmt an ihn, von unserem letzten Zusammenstoß mit dem Kampf-Kreuzer. Er ist ein hinterhältiges, hundertprozentiges A...«

»Befehlen Sie alle Mann auf Gefechtsstation, Scotty. Leutnant Uhura, nehmen Sie Ihr kleines Spielzeug. Wir sind wieder im Dienst.«

Er hatte kaum zu Ende gesprochen, als der Transporterstrahl von der *Enterprise* sie in sich aufnahm.

Der Befehl des Flotten-Kommandos war, wie immer, kurz und bündig. Er lautete: »Wir brauchen Sie sicher nicht auf die Bedeutung der Inbesitznahme des Sherman-Planeten durch die Föderation hinzuweisen. Der Schlüssel zu dieser Inbesitznahme ist eine Pflanze, das Quadrotritical. Die dort lagernden Samen dieser Pflanze müssen auf jeden Fall beschützt werden. Sie werden ab sofort jede Hilfe und Unterstützung leisten, die Staatssekretär Baris von Ihnen verlangt. Die Sicherheit des Saatguts – und des gesamten Projekts – sind ab sofort Ihre Aufgabe und fallen in Ihre Verantwortung.«

Wie schwierig diese Aufgabe werden sollte, wurde durch das Auftauchen des Raumschiffs der Klingonen von Anfang an verdeutlicht. Es machte keinerlei Anstalten, die Station anzugreifen; das wäre auch ein tödliches Unterfangen geworden, da alle Phaser-Geschütze der *Enterprise* auf das feindliche Schiff gerichtet waren, was Koloth, einem überaus fähigen und erfahrenen Kapitän, auch bekannt sein mußte. Statt dessen überraschte Koloth alle Offiziere der *Enterprise*, indem er für seine Besatzung Landurlaub auf der Station erbat.

Die Bestimmungen des Organianischen Friedensvertrages ließen Commander Lurry keine andere Möglichkeit, als diese Bitte zu gewähren. Das Sternflotten-Kommando hatte Captain Kirk mit seinem Befehl, durch den die Sicherheit des Saatguts unter seine Verantwortung gestellt wurde, eine Handhabe zum Eingreifen gegeben. Er bestimmte, daß nur zwölf Mann des klingonischen Raumschiffes gleichzeitig die Station betreten durften. Außerdem ließ er zwölf Wachen – eine für jeden Klingonen – zur Station hinüberbeamen. Damit, dachte er, sollte Baris endlich zufriedengestellt sein.

Aber Baris war alles andere als zufrieden. Er wünschte überhaupt keine Klingonen auf der Station zu sehen. Punktum! Er regte sich über ihre Anwesenheit ziemlich lange und heftig auf, mußte aber schließlich doch einsehen, daß die Klingonen ein verbrieftes Recht zum Betreten der Station besaßen und daß er nichts dagegen unternehmen konnte.

Kirk ging in die Messe, um eine Tasse Kaffee zu trinken und sich ein wenig auszuruhen. Scott, der Ingenieur, war ebenfalls dort und las in einer technischen Zeitschrift; das war seine Art von Ausruhen. An einem anderen Tisch saßen mehrere Offiziere, darunter Spock, Dr. McCoy, Uhura und Fähnrich Freeman. Kirk setzte sich zu ihnen und sah, daß Uhuras Tribble und zehn kleinere Exemplare dieser Spezies auf der Tischplatte waren.

»Seit wann haben Sie das Ding?« fragte McCoy Uhura.

»Seit gestern. Und heute morgen habe ich entdeckt, daß es – ich meine *sie* – Junge bekommen hat.«

»Das nenne ich ein gutes Geschäft.« McCoy nahm eins der Kleinen vorsichtig in die Hand und betrachtete es neugierig. »Hmmmm.«

»Leutnant Uhura«, sagte Kirk amüsiert, »unterhalten Sie jetzt einen Kindergarten?«

»Ich hatte es eigentlich nicht vor; aber das Tribble hatte andere Pläne.«

Spock streichelte eins der winzigen Neugeborenen.

»Haben Sie es auf Station K-7 gekauft?« erkundigte sich McCoy.

»Nein. Jemand hat es mir geschenkt. Lurry sagt, daß er mit diesem Ein-Mann-Raumgleiter gekommen ist. Er heißt Cyrano Jones und ist ein Mann, der unbekannte Planeten erforscht, aber in letzter Zeit nicht viel Glück gehabt hat.«

»Das geht jetzt den meisten so«, sagte Kirk. »Wer am Rand von Klingons Imperium nach unerforschten Planeten sucht, findet höchstens Unannehmlichkeiten.«

»Ein sehr eigenartiges Wesen«, sagte Spock. »Sein Schnurren scheint einen einschläfernden, beruhigenden Effekt auf das menschliche Nervensystem auszuüben. Glücklicherweise bin ich anscheinend immun dagegen.«

Kirk blickte seinen Ersten Offizier, der immer noch den Tribble streichelte, prüfend an, sagte aber nichts.

»Leutnant«, sagte McCoy, »erlauben Sie, daß ich eins dieser Kleinen mit in mein Labor nehme, um es zu untersuchen?«

»Meinetwegen, solange Sie es nicht sezieren wollen.«

»Sagen Sie, Leutnant«, meinte der Fähnrich, »wenn Sie die Kleinen schon weggeben, kann ich dann auch eins haben?«

»Gern. Warum nicht?«

Freeman blickte Kirk an.

»Ich habe nichts dagegen, wenn sich jemand ein Tier halten will. Aber falls diese Tribbles auf der *Enterprise* bleiben wollen, sollten sie bei der Vermehrung etwas mehr Zurückhaltung üben.«

Die Tribbles schienen diese Anweisung nicht verstanden zu haben. Als Kirk am nächsten Tag das Bordlazarett aufsuchte – eine weitere, lebhafte Auseinandersetzung mit Baris hatte ihm Kopfschmerzen verursacht –, fand er McCoy mit einer ganzen Kiste voller winziger Lebewesen. »Ich dachte, Uhura hat dir nur eins von den Kleinen gegeben. Aber jetzt hast du mindestens zehn von den Dingern hier.«

»Ein ganz durchschnittlicher Wurf«, sagte der Arzt. »Es waren elf. Eins habe ich getötet und seziert. Es sieht so aus, als ob sie schon trächtig geboren werden.«

»Ist denn das überhaupt möglich?«

»Eigentlich nicht. Aber es spart viel Zeit, nicht wahr? Eins ist jedenfalls sicher: Fast die Hälfte des gesamten Metabolismus dieser Lebewesen dient nur der Reproduktion. Weißt du, was dabei herauskommt, wenn man ein Tribble überfüttert?«

Kirk war nicht ganz bei der Sache. »Ein sehr fettes Tribble, vermute ich«, murmelte er.

»Nein. Eine ganze Horde von hungrigen kleinen Tribbles. Und wenn du glauben solltest, daß dies hier schon eine Menge sind, dann sieh dir mal Leutnant Uhuras Bestand an. Sie hat jetzt fünfzig Stück. Und fünf hat sie bereits verschenkt.«

»Dann solltest du dich sehr rasch nach Abnehmern für deine Jungen umsehen, bevor du auch fünfzig von ihnen hast.« Kirk nahm eine Kopfschmerztablette. »Gehst du an Land, Pille?«

»Ich war schon. Außerdem finde ich diese kleinen Tribbles interessanter als alles, was mir K-7 bieten könnte. Scotty ist gerade auf der Station und sorgt dafür, daß alles ruhig bleibt. Hoffentlich ist auch Koloth daran interessiert.«

»Bestimmt«, sagte Kirk, »Koloth weiß genau, daß ich beim geringsten Anzeichen von Unruhe sofort die Wachen verdoppeln lasse. Und wenn er wirklich hinter dem Saatgut her ist, wird er so schlau sein und Unannehmlichkeiten auf alle Fälle zu verhindern suchen.«

Trotzdem suchte Kirk nach seiner nächsten Unterredung mit Lurry die Bar der Station auf. Sechs Erdenmenschen befanden sich dort, darunter Scotty und der Navigator Chekov. Fünf oder sechs Klingonen saßen an einem anderen Tisch, und die beiden Gruppen übersahen einander geflissentlich.

Als Kirk sich zu seinen Männern setzte, betrat Cyrano Jones die Bar und kam auf sie zu. »Guten Tag, meine Freunde«, sagte er. »Sind Sie an einem hübschen, kleinen Tribble interessiert?«

Er hielt ein Tribble vor Scottys Gesicht. Der Ingenieur machte eine entsetzte Abwehrbewegung. »Ich habe den ganzen Vormittag Dutzende von den kleinen Biestern aus meinem Maschinenraum gejagt.«

»Und was ist mit den anderen Herren?«

Keine Antwort. Mit einem ergebenen Achselzucken wandte Cyrano sich ab und ging auf den Tisch der Klingonen zu. Er wandte sich an einen der Männer, den Kirk als Korax, einen der Offiziere des Raumschiffes, erkannte.

»Liebe Freunde von Klingon, darf ich Ihnen dieses entzückende kleine Tierchen...«

Das Tribble benahm sich alles andere als entzückend. Es sträubte sein Fell und gab ein böses, fauchendes Zischen von sich.

»Hör auf!« sagte Cyrano empört. »Meine Herren, ich entschuldige mich für das schlechte Benehmen dieses Tribbles. So hat es sich noch nie aufgeführt.«

»Hauen Sie ab«, sagte Korax kühl, »und nehmen Sie diesen widerlichen Parasiten mit.«

»Es ist doch nur ein harmloses...«

»Nehmen Sie es weg!«

Wieder stieß das Tribble einen schrillen, drohenden Pfiff aus. Korax gab Cyrano einen Stoß. Cyrano taumelte rückwärts, und das Tribble flog in hohem Bogen von seinem Arm und landete zwischen den Männern der *Enterprise*. Scotty reichte es Cyrano wortlos zurück.

Cyrano blickte von einer der beiden Gruppen zur anderen, zuckte wieder die Achseln und zog sich zur Bar zurück. Er setzte das Tribble auf den Bartresen und sagte: »Ich möchte Ihnen ein kleines Geschäft vorschlagen, Mister. Ich biete Ihnen mein Tribble für ein kleines Glas...«

Wortlos wandte sich der Barmann Cyrano zu und kippte einen Shaker um. Drei kleine Tribbles purzelten heraus.

Als Kirk an Bord zurückkehrte, war die Lage dort unhaltbar geworden. Überall schienen Scharen dieser winzigen Tiere umherzukriechen und zu rollen. Kirk mußte drei oder vier von ihnen von seinem Kommandosessel fegen, bevor er sich setzen konnte. Sie waren auf den Instrumenten, in den Regalen, einfach überall.

»Leutnant! Wie sind all diese Tribbles auf die Brücke gekommen?«

»Durch die Ventilationsschächte, vermute ich. Sie scheinen überall herumzukriechen. Auf dem ganzen Schiff.«

»Den Eindruck habe ich allerdings auch. Mr. Spock, sorgen Sie dafür, daß diese Biester von der Brücke verschwinden. Wie viele sind jetzt insgesamt an Bord?«

»Wir hatten ursprünglich ein Tribble, das von Leutnant Uhura an Bord gebracht wurde«, sagte Spock. »Diese Tiere scheinen einmal alle zwölf Stunden zu werfen, und zwar im Durchschnitt zehn Junge. Die Population der dritten Generation müßte demnach insgesamt eintausenddreihunderteinunddreißig Tiere betragen, in der vierten Generation bereits vierzehntausendsechshunderteinundvierzig, in der fünften...«

»Hören Sie auf! Ich verlange, daß das Schiff von diesen Lebewesen gesäubert wird. Sie müssen weg – und zwar alle!«

»Alle?« protestierte Leutnant Uhura. »Aber, Captain...«

»Jawohl. Ich sagte *alle!*«

»Eine richtige und notwendige Entscheidung«, sagte Spock. »Ihre Geburtenrate ist zu hoch, um sie irgendwie kontrollieren zu können. Sie fressen unsere Lebensmittelvorräte und sind uns in keiner Weise nützlich.«

»Das stimmt nicht, Mr. Spock«, widersprach Leutnant Uhura. »Die kleinen Tiere schenken uns ihre Zuneigung und ihre Liebe.«

»Hören Sie, Leutnant«, sagte Kirk wutschnaubend. »Jedes Zuviel – selbst ein Zuviel an Liebe – ist auf die Dauer unerträglich. Und angesichts der Tatsache, daß wir gestern mit einem einzigen Tribble angefangen haben...«

»Und da ihre Vermehrung allein durch reichliche Ernährung ausgelöst und gesteuert wird, wage ich mir nicht einmal vorzustellen, was passiert, wenn einige dieser Viecher in unsere Vorratsräume eindringen sollten.«

Kirk starrte den Ersten Offizier an. »Vorratsräume? Verdammt! – *Vorratsräume!* – Leutnant Uhura, setzen Sie sich sofort mit Kommandant Lurry und Nilz Baris in Verbindung. Sie sollen uns im Freizeitraum der Station erwarten. Und Dr. McCoy soll sich sofort mit uns im Transporterraum treffen. Aber wirklich sofort!«

Als die drei Männer im Korridor des Freizeitareals materialisierten, materialisierten mit ihnen auch sechs oder sieben Tribbles. Aber dieser Import war völlig überflüssig. Es wimmelte auch hier von den kleinen Tieren. Der Laden, an den Cyrano seine anderen Tribbles verkauft hatte, sah aus wie nach einem Schneesturm. Überall krochen winzige Fellknäuel umher. Der Ladeninhaber, der offenbar gerade seine Bemühungen, sie aus dem Laden zu fegen, als hoffnungslos aufgegeben hatte, saß, den Kopf in die Hände gestützt und den Tränen nahe, mitten in dem Gewirr aus krabbelnden Pelzen.

Lurry und Baris kamen sofort – diesmal ohne Darvin – auf die Männer der *Enterprise* zu.

»Was ist denn los?« keuchte Baris.

»Eine ganze Menge – falls das, was ich befürchte, wirklich eingetreten ist. Wir müssen zum Lagerschuppen. Schnell!«

Baris brauchte keine zweite Aufforderung. Sie stürzten den Korridor entlang und stießen im Laufen Tribbles aus dem Weg.

Zwei Wachen standen vor der Tür des Lagerschuppens. »Ist die Tür abgeschlossen?« fragte Kirk.

»Jawohl, Sir. Niemand kann hier eindringen.«

»Aufmachen!«

Einer der beiden Posten zog einen Magnetschlüssel aus der Tasche. »Komisch, Sir. Da scheint irgend etwas…«

Er brachte den Satz nicht zu Ende, weil im gleichen Augenblick die Tür aufglitt und Hunderte und Aberhunderte von Tribbles herauskollerten, um die Männer herumkrochen, glitten, rollten, pulsierten, wimmelten, gurrten und schnurrten.

Sie standen reglos und starrten auf die ständig anwachsende Kaskade von Fellknäueln. Spock faßte sich als erster. Er hob eins der Tribbles auf und betrachtete es mit wissenschaftlichem Interesse.

»Es scheint sich richtig vollgefressen zu haben«, bemerkte er sachlich.

»Vollgefressen!« schrie Baris entsetzt. »An unserem Saatgut! Kirk! Sie sind dafür verantwortlich! Das müssen ja Tausende, Hunderttausende dieser kleinen Bestien sein!«

»Nein, mehr. Genau Eine Million fünfhunderteinundsechzigtausendsiebenhundertdreiundsiebzig, wenn wir davon ausgehen, daß eins vor drei Tagen hier eingedrungen ist.«

»Was kümmert uns die genaue Anzahl!« schrie Baris verzweifelt. »Jetzt werden die Klingonen den Sherman-Planeten in Besitz nehmen!«

»Ich fürchte, da haben Sie recht«, sagte Kirk bitter.

McCoy hatte sich in das Gewimmel der Tribbles gekniet und betrachtete sie eingehend. Jetzt blickte er auf.

»Jim?«

»Was ist, Pille?«

»Mr. Spock hat sich geirrt. Die Tiere sind nicht so lethargisch, weil sie vollgefressen sind, sondern weil sie sterben.«

»Sterben? Bist du sicher?«

»Ich glaube«, sagte McCoy nachdrücklich, »daß niemand auf dieser Station sich so eingehend mit ihrem Metabolismus befaßt hat wie ich. Ja, ich bin völlig sicher, daß sie im Sterben liegen.«

»Also gut«, sagte Kirk mit plötzlich wiedererwachter Energie. »Pille, nimm ein paar der Tiere mit in dein Labor und auch einige von diesen Samenkörnern. Wenn die Tiere sterben, so will ich wissen, warum. Mach mir umgehend Meldung über deinen Befund. – Kommandant Lurry, ich bitte Sie, Ihr Büro benutzen zu dürfen. Ich möchte eine formelle Untersuchung dieses Vorfalls abhalten. Ich möchte, daß Mr. Darvin dabei ist und auch Kapitän Koloth – und Cyrano Jones.«

»Was soll uns das noch nützen?« jammerte Baris. »Das Projekt ist erledigt – erledigt!«

»Eine Untersuchung ist Vorschrift«, sagte Kirk. »Und was das Projekt angeht – warten wir es ab.«

Die Szene in Kommandant Lurrys Büro glich dem Moment in einer der klassischen Detektivgeschichten, wenn alle Verdächtigen versammelt sind und der kluge Detektiv einen nach dem anderen eliminiert, bis schließlich nur noch der Butler als Schuldiger übrigbleibt.

Lurry saß an seinem Schreibtisch. Neben ihm, auf einem Besucherstuhl, saß Cyrano Jones, der ein Tribble auf seinem Schoß hielt und es streichelte. Vor dem Schreibtisch standen – teils verstört, teils interessiert, teils ablehnend – Koloth, Korax, ein zweiter Offizier des klingonischen Raumschiffs, Spock, Baris und McCoy; ihnen gegenüber Captain Kirk. Und natürlich mehrere bewaffnete Posten.

Der Kapitän des Klingonen-Schiffes ergriff als erster das Wort: »Ich weiß, daß Sie von der Erde an Parasiten wie diesen hängen. Aber das geht nun doch zu weit. Ich verlange von Ihnen, Kirk, daß Sie sich beim Oberkommando des Klingonen-Imperiums formell entschuldigen. Sie haben den Landurlaub meiner Besatzung beschränkt, sie durch uniformierte Spione überwachen lassen und uns jetzt wie gewöhnliche Verbrecher vorgeladen. Wenn Sie diplomatische Verwicklungen vermeiden wollen...«

»Tun Sie es nicht, Kirk!« rief Baris erregt. »Das würde ihnen die letzte Handhabe geben, um den Sherman-Planeten für sich zu beanspruchen!«

»Oh, was die Sache angeht«, sagte Koloth lächelnd, »da steht das Ergebnis, glaube ich, schon längst fest.«

»Immer eins nach dem anderen«, sagte Kirk. »Unsere derzeitige Aufgabe ist die Feststellung, wer dafür verantwortlich ist, daß die Tribbles in die Lagerschuppen mit dem Quadrotritical-Samen gelangen konnten. Die Klingonen hätten ganz offensichtlich ein Motiv dafür. Andererseits ist es Cyrano Jones, der die Tiere hergebracht hat, anscheinend aus rein kommerziellen Gründen. Ich sehe keinerlei Zusammenhänge.«

»Entschuldigen Sie, Captain«, sagte Cyrano, »aber zumindest ein Teil der Schuld ist in der völligen Unkenntnis über die Lebensgewohnheiten dieser kleinen Lebewesen zu suchen. Wenn man ihre Nahrungsaufnahme unter einem bestimmten Niveau hält, pflanzen sie sich überhaupt nicht fort. So halte ich sie ja selbst unter Kontrolle.«

Kirk starrte ihn an. »Und warum haben Sie uns das nicht gleich gesagt?«

»Es hat mich ja niemand danach gefragt. Außerdem sollte jeder Mensch wissen, daß es für so kleine Tiere schlecht ist, wenn man sie überfüttert.«

»Lassen wir diese Sache für den Augenblick beiseite. Wir müssen außerdem feststellen, was die Tribbles getötet hat. Waren die Samenkörner vergiftet? Und falls es so ist, wer hat sie vergiftet?«

Er blickte Koloth herausfordernd an; aber der Klingone lächelte nur.

»Ich hatte, wie Sie selbst zugeben müssen, keinen Zutritt zum Lagerschuppen«, sagte er. »Außerdem haben mich Ihre Wachen keinen Moment aus den Augen gelassen. Aber bevor wir uns weiter unterhalten, Captain, würden Sie bitte diesen Parasiten aus dem Raum schaffen lassen?« Er deutete auf das Tribble, das Cyrano auf dem Schoß hielt.

Kirk zögerte einen Augenblick, aber dann siegte sein Mitgefühl. Er selbst hatte für den Rest seines Lebens auch genug von diesen Tribbles. Er winkte einem der Posten, und der nahm das Tribble von Cyranos Schoß und ging mit ihm zur Tür. Im gleichen Augenblick betrat Darvin verspätet den Raum.

Das Tribble sträubte das Fell, fauchte und spuckte.

Kirk starrte das Tier verblüfft an. Dann nahm er es dem Posten aus der Hand, trat auf Korax zu und hielt es ihm entgegen. Sofort sträubte es wieder das Fell und spuckte. Es spuckte auch, als es in die Nähe Koloths gehalten wurde, und auch bei dem dritten Besatzungsmitglied des Klingonen-Schiffes.

Bei allen anderen aber schnurrte es zufrieden; selbst bei Baris.

Kirk streckte es wieder Darvin entgegen.

Hisssssss, machte das Tribble und spuckte.

»Pille!« rief Kirk. »Überprüfe diesen Mann!«

McCoy war schon neben Darvin getreten, den Tricorder in der Hand. Zweimal fuhr er mit dem Gerät über Darvins Körper.

»Du hast recht, Jim«, nickte er dann, »Herzschlag und Körpertemperatur stimmen nicht, und – was soll ich dir alle Einzelheiten aufzählen – der Mann ist ein Klingone.«

Die Posten traten auf Darvin zu.

»Sieh mal an«, sagte Kirk. »Was werden Sie dem Sternflotten-Kommando nun berichten, Mr. Baris?« Er wandte sich an den Arzt. »Was hast du über die Samenkörner herausgefunden, Pille?«

»Sie sind nicht vergiftet worden. Sie sind von Viren verseucht.«

»Verseucht!« wiederholte Baris entsetzt. Er schien zu erschüttert, um sich noch über irgend etwas wirklich aufregen zu können.

»Ja. Das Saatgut ist mit einem Virus infiziert worden, das eine Art metabolischer Mimikry praktiziert. Es ist so: Die Moleküle der Nahrung, die der Körper in sich aufnimmt, passen in die körpereigenen Moleküle wie ein Schlüssel in ein Schloß. Dieses Virus ahmt diesen Schlüssel nach – ohne dem Körper jedoch Nahrung zuzuführen – und blockiert somit das Schloß, so daß keinerlei Nahrung in den Organismus gelangen kann. Diese Erklärung ist natürlich sehr vereinfacht dargestellt, aber Sie haben sicher begriffen, um was es geht.«

»Wollen Sie damit sagen, daß die Tribbles buchstäblich verhungert sind?« fragte Captain Kirk. »Sie saßen in einem riesigen Lagerschuppen voller Körner und sind verhungert?«

»So ungefähr«, sagte McCoy.

»Und dasselbe wäre auch *Menschen* passiert, die von diesem Getreide gegessen hätten?«

»Es wäre jedem warmblütigen Geschöpf passiert. Dieses Virus ist nicht sehr wählerisch – ebensowenig wie der Erreger der Tollwut.«

»Könnte der Erreger abgetötet werden, ohne das Saatgut zu verderben?« fragte Spock.

»Ich denke ja.«

»In diesem Fall«, sagte Spock, »hat uns Mr. Darvins Versuch zu einem Massenmord einen unschätzbaren Dienst erwiesen. Fast so sehr wie Mr. Jones mit seinen Tribbles.«

»Was soll das heißen, Mr. Spock?« fragte Captain Kirk.

»Eine einfache logische Folgerung, Captain: Das Virus hat verhindert, daß die Tribbles das ganze Saatgut auffraßen. Ich schätze, daß mindestens noch die Hälfte vorhanden ist. Auf der anderen Seite haben die Tribbles uns erkennen lassen, daß die Saat infiziert worden ist, ohne daß die Tatsache auch nur ein einziges Menschenleben gefordert hat.«

»Ich glaube kaum, daß die Gerichte der Föderation Mr. Darvin diesen Umstand zugute halten werden, Mr. Spock. Aber ich gebe zu, daß es uns zum Vorteil gereichte. – Wache, führen Sie den Mann ab! Und nun zu Ihnen, Captain Koloth, und zu der von Ihnen verlangten Entschuldigung: Ich gebe Ihnen genau sechs Stunden, Ihr Schiff aus dem Hoheitsraum der Föderation zu bringen.«

Koloth verließ schweigend den Raum. Das Tribble zischte ihn an und spuckte ihm nach.

»Ich gebe es nicht gern zu«, sagte Kirk, »aber man muß die Tribbles schon wegen ihrer Feinde lieben. Und nun zu Ihnen, Mr. Jones: Wissen Sie eigentlich, welche Strafe darauf steht, schädliche oder gefährliche Tiere von einem Planeten zum anderen zu schaffen? – Zwanzig Jahre, Mr. Jones!«

»Aber, Captain Kirk!« sagte Cyrano flehentlich und den Tränen nahe. »Wir könnten uns doch irgendwie verständigen. Wie Mr. Spock eben festgestellt hat, ist es doch ausschließlich meinen kleinen Tribbles zu verdanken, daß Sie die Infizierung des Saatguts entdeckt haben. Und eben noch haben sie sich als ein sehr zuverlässiger Geigerzähler zur Entdeckung des klingonischen Agenten erwiesen.«

»Zugegeben«, sagte Captain Kirk ernst. »Deshalb werde ich auch keine Anklage gegen Sie erheben; unter der Bedingung, daß Sie eine Aufgabe übernehmen. Wenn sie abgeschlossen ist, wird Ihnen Kommandant Lurry Ihren Raumgleiter zurückgeben.«

»Welche Aufgabe?« fragte Cyrano erleichtert.

»Sie werden jedes einzelne Tribble von dieser Raumstation entfernen und...«

»Aber Captain!« schrie Cyrano entsetzt. »Das dauert doch Jahre!«

»Genau siebzehn Jahre, neun Monate«, sagte Spock kühl.

»Betrachten Sie es als eine sichere, unkündbare Anstellung«, sagte Kirk.

»Und das ist die einzige Alternative? Das oder zwanzig Jahre im Gefängnis? – Wirklich, Captain, Sie sind verdammt hart. – Aber ich werde es tun.«

An Bord der *Enterprise* befand sich kein einziges Tribble mehr, als die drei Männer zurückkehrten. Es dauerte lange, bevor man eine Erklärung für dieses Wunder fand; aber Scotty mußte schließlich zugeben, daß er dafür verantwortlich war.

»Wie haben Sie das geschafft?« fragte Kirk.

»Na ja, ich habe sie einfach alle in den Transporterraum schaffen lassen.«

»Aber, Scotty, Sie haben sie doch nicht etwa einfach in den Raum gebeamt?«

Der Ingenieur blickte sie vorwurfsvoll an. »Sir, ich bin ein zartfühlender Mensch. Ich habe den lieben Tierchen ein neues Heim gegeben, wo sie sich wohl fühlen können.«

»Und wo ist das? Raus damit, Mann!«

»Ich habe sie den Klingonen beschert, Sir. Kurz bevor ihr Schiff in den Hyperraum eintrat, habe ich ihnen das ganze Gewimmel von Tribbles in den Maschinenraum gebeamt. Ich hoffe, sie wachsen und gedeihen dort.«

Die letzte Schießerei

Als sich die *Enterprise* dem Melkot-System näherte, faßten ihre Sensoren eine auf einer Umlaufbahn kreisende Boje auf, und Captain Kirk hielt es für richtig, sie zu untersuchen. Er hatte Order, sich »um jeden Preis« mit den Melkotianern in Verbindung zu setzen – ohne jede weitere Erklärung, nur »um jeden Preis« –, aber er war ein friedfertiger Mensch, und er hatte die Erfahrung gemacht, daß Völker, die ihre Hoheitsgebiete mit Bojen markieren, die Neigung zeigen, sofort zu schießen, wenn solche Grenzmarkierungen ohne das vorgeschriebene Protokoll passiert wurden.

Die von der Boje abgezapfte Nachricht war alles andere als freundlich. Sie lautete: »Fremde, Sie sind in den Hoheitsraum Melkots eingedrungen. Kehren Sie sofort um. Dies ist die einzige Warnung, die wir Ihnen erteilen.«

Kirks Unruhe über den Inhalt der Botschaft wurde völlig überschattet von seiner Überraschung darüber, daß sie in Englisch abgefaßt war. Aber die Unruhe kehrte sofort und in verstärktem Maß zurück, als er erfuhr, daß Spock die Botschaft auf vulkanisch gehört hatte, Chekov auf russisch und Uhura auf suaheli.

»Echte Telepathen«, sagte Spock, »bringen wirklich Erstaunliches zustande.«

Das war unwiderleglich, genau wie die Tatsache, daß man keinerlei Kenntnisse über die Melkotianer hatte; man wußte lediglich, daß sie existierten. Aber auch die Befehle waren eindeutig. Kirk sandte eine Botschaft aus, die seine friedlichen Absichten darlegte, bekam aber keine Antwort darauf. Er hatte auch keine erwartet. Dann setzte er seine Reise fort und fragte sich, wovor, um alles im Universum, sich eine Rasse von echten Telepathen wohl fürchten könnte.

Als sie in eine Umlaufbahn um den Planeten eingeschwenkt waren, ließ Kirk sich zusammen mit Spock, McCoy, Scott und Chekov auf seine Oberfläche hinunterbeamen. Die Stelle, an der sie wieder materialisierten, war eine Art weißes Nichts, eine Masse wallender Nebel, unidentifizierbarer Formen, Gefühle und Farben. Spocks Tricorder gab keinerlei Informationen; es war, als ob sie sich in einer Art toter Zone befänden, in der keine Energie fließen konnte – oder in die zumindest keine Energie eindringen konnte. Kirk hatte das Gefühl, sich im Auge eines Taifuns zu befinden.

Und dann materialisierte sich der Melkotianer – oder materialisierte sich teilweise, genaugenommen; seine Erscheinung wirkte wie ein Bild, das auf den wallenden Nebel projiziert wurde. Er wirkte humanoid; eine hochgewachsene, schlanke Gestalt in einer wallenden Robe, mit kühlem, blassem Gesicht, hoher Stirn und durchdringenden Augen, die völlig gefühllos schienen.

»Unsere Warnung war klar und deutlich«, sagte er in seiner Illusion vieler Sprachen. Seine Lippen blieben dabei reglos und geschlossen. »Sie haben sie nicht beachtet. Sie, Captain Kirk, haben diesen Ungehorsam befohlen. Deshalb werden wir Sie töten. Auf Ihre Art.«

»Töten?« sagte Kirk. »Für eine harmlose Grenzverletzung? Und Sie nennen sich zivilisiert?«

»Sie stehen außerhalb«, sagte die Gestalt. »Sie sind Krankheit. Wir diskutieren nicht mit bösartigen Organismen, wir zerstören sie.«

Das Bild erlosch.

Scott sagte: »Und wir beschweren uns über unsere sturen Kriegsgerichte.«

Niemand beachtete ihn, weil mit dem Verschwinden der Erscheinung auch das Nichts erlosch. Die Männer fanden sich plötzlich in einer Wüste, im grellen, brennenden Sonnenlicht. Und während sie sich noch verwundert umsahen, wuchs plötzlich ein Holzhaus aus dem Boden; dann noch eins und noch eins. Keins der Häuser war höher als zwei Stockwerke, und die meisten hatten Balkone im Obergeschoß. Eins der Häuser trug ein Schild mit der Aufschrift »Saloon«, ein anderes lautete »Tombstone Hotel«. Innerhalb von wenigen Sekunden fanden die Männer sich von einer Stadt umgeben.

»Spock«, sagte Kirk ruhig. »Was ist das?«

»Amerikanischer Westen; Wilder Westen um 1880«, sagte Spock.

»Und das hier?« fragte Chekov und deutete auf den Colt, den er plötzlich in der Hand hielt.

Es war kein Phaser. Keiner von ihnen besaß mehr seine normale Ausrüstung, weder Handphaser noch Kommunikatoren; nur diese antiquierten Explosivwaffen, die in Ledertaschen an ihren Gürteln hingen. Ihre Uniformen hatten sich jedoch nicht verändert.

»Diese Waffe«, erklärte Kirk, »ist ein Colt .45 – für jene Epoche äußerst zweckmäßig und perfekt. Meine Vorfahren haben sie wahrscheinlich auch getragen.«

»Zweckmäßig und perfekt, aber äußerst gefährlich«, sagte Spock. »Ich schlage vor, daß wir sie wegwerfen.«

»Auf gar keinen Fall, Mr. Spock. Was immer die Melkotianer mit uns vorhaben, es wird alles andere als angenehm sein. Und auf kurze Entfernung sind diese Revolver genauso tödlich wie Phaser. Vielleicht werden wir sie noch brauchen.«

»Jim, die Baracke da drüben nennt sich ›Tombstone Epitaph‹. Klingt wie der Name einer Zeitung. Und da ist auch ein Anschlagbrett. Wir wollen sehen, ob wir etwas mehr Informationen bekommen können.«

Am Anschlagbrett hing ein Exemplar der heutigen Ausgabe der Zeitung. Sie trug den Vermerk: Tombstone, Arizona, den 26. Oktober 1881.

»Ein Zeitsprung in die Vergangenheit, Mr. Spock?« fragte Kirk.

»Und eine gleichzeitige Ortsveränderung, Captain?« Spock schüttelte den Kopf. »Ich kann nicht glauben, daß man so viele physikalische Gesetze gleichzeitig übertreten kann. Der Energieverbrauch würde alle zulässigen Grenzen überschreiten. Ich vermute, daß wir uns an genau der gleichen Stelle befinden, an der wir vorher waren.«

»Und was soll diese Kulisse?«

»Wenn ich richtig verstanden habe«, sagte Spock leise, »ist dies der Ort unserer Exekution.«

»Sie sind immer so ermunternd«, brummte McCoy finster.

26. Oktober 1881. – Das Datum schien Kirk irgendwie bekannt vorzukommen. Aber während er noch darüber nachdachte, kam ein unrasierter Mann um die Ecke, starrte die fünf Männer verblüfft an und rief dann: »Verdammt, das ist wirklich eine Überraschung! – Ike! Frank! Billy! Tom!« Er trat auf sie zu. »Ich hatte schon Angst, ihr würdet nicht wiederkommen!«

»Wie bitte?« fragte Kirk.

»Aber ich wußte, daß ihr euch von den Brüdern nicht vertreiben laßt. Das sind doch nur Angeber. Aber jetzt müssen sie kämpfen, nachdem sie den Mund so voll genommen haben.«

»Hören Sie«, sagte Kirk. »Offenbar glauben Sie, uns zu kennen; aber wir haben Sie noch nie gesehen.«

Der unrasierte Mann zwinkerte ihm vertraulich zu. »Schon kapiert. Ich habe euch heute auch noch nicht gesehen. Das gefällt mir so an dir, Ike. Du hast immer Sinn für Humor. Aber niemand soll sagen, daß Johnny Behan keinen Spaß versteht.«

»Hören Sie, Mr. Behan...«

»Nur eins, Ike«, sagte Behan. »Ihr dürft die Sache nicht zu leichtnehmen. Sie schießen vielleicht nicht gut, aber schießen werden sie auf jeden Fall.«

Er warf einen ängstlichen Blick über die Schulter und ging. Im gleichen Augenblick wußte Kirk plötzlich, warum ihm das Datum auf der Zeitung bekannt vorgekommen war.

»Die Earps!« sagte er.

Spock blickte ihn erstaunt an, genau wie die anderen.

»Er hat mich Ike genannt«, sagte Kirk, »und Sie, Spock, Frank; und den Doktor Tom und Chekov Billy. Das sind Ike Clanton, Frank und Tom McClowery; Billy Clairborne und Billy Clanton.«

»Captain«, sagte Spock. »Ich kenne diese Epoche der Erdgeschichte recht gut; aber die Namen sagen mir überhaupt nichts.«

»Mir auch nicht«, sagte McCoy.

»Aber vielleicht Wyatt Earp, Morgan Earp, Virgil Earp und Doc Holliday.«

Keine Reaktion.

»Es war so: Im ausgehenden neunzehnten Jahrhundert rangen zwei Fraktionen um die Herrschaft in der Stadt Tombstone. Die Earps waren die Marshals der Stadt. Die Clantons waren mit Billy Behan, dem County Sheriff, verbündet. Und am 26. Oktober kam es zur entscheidenden Auseinandersetzung zwischen beiden Gruppen.«

»Und?«

»Die Clantons verloren, Mr. Chekov.«

Die Männer schwiegen. Schließlich sagte Spock: »Das ist zweifellos eine recht phantasievolle Art, uns umzubringen, aber was soll...«

Der gellende Schrei einer Frau zerriß die Stille des heißen Tages. Aus dem Saloon kamen laute, erregte Rufe und die unmißverständlichen Geräusche einer Schlägerei. Dann taumelte ein Mann rückwärts aus der Pendeltür und fiel auf die Straße. Ein zweiter Mann stürzte ihm nach.

Der erste Mann versuchte, wieder auf die Beine zu kommen, und riß den Revolver aus dem Halfter. Aber er war viel zu langsam. Der Verfolger drückte ab. Die Waffe dröhnte erstaunlich laut. Es war fast wie ein Donnerschlag. Der Mann wurde von der Wucht des Geschosses zurückgeschleudert und stürzte vor Kirks Füßen zu Boden. Der andere Mann warf ihm nicht einmal einen Blick zu, sondern ging sofort in den Saloon zurück.

McCoy kniete sich neben den am Boden liegenden Mann und faßte nach seinem Puls. »Das war kaltblütiger Mord«, sagte er.

»Man nannte es, glaube ich, das ›Gesetz des Westens‹«, sagte Kirk.

»Ich kann einfach nicht glauben, daß dies alles Realität ist«, murmelte Chekov. »Ich halte es für eine Art melkotianischer Illusion.«

»Ist der Mann tot, Doc?«, fragte Kirk.

»Zweifellos«, murmelte McCoy.

»Nun«, sagte Kirk ernst, »das zumindest ist Realität.«

Aus dem Saloon erklang Musik – jemand spielte auf einem verstimmten Klavier – und lautes Lachen. Die fünf Männer der *Enterprise* blickten auf den Toten und dann, wie unter einem unheimlichen Zwang, zum Saloon.

»Ich denke, wir sollten lieber einmal nachsehen, was da los ist«, sagte Kirk.

»Sie meinen, wir sollen dort reingehen?« fragte Chekov entsetzt.

»Hat jemand einen besseren Vorschlag?«

Im Saloon befanden sich ein Barkeeper, eine sehr junge Kellnerin und etwa ein Dutzend Gäste. Die meisten von ihnen umstanden den Killer, der eben den anderen Mann erschossen hatte. Als die fünf Männer hereintraten, erhob er sich langsam.

»Ike, Tom«, sagte der Barkeeper. Er schien gleichzeitig erfreut und erschrocken zu sein, sie hier zu sehen.

Die Kellnerin wandte sich um. »Billy!« schrie sie glücklich, warf sich dem verblüfften, aber durchaus nicht widerstrebenden Chekov an die Brust und küßte ihn hingebungsvoll. »Billy, Liebling! Ich wußte ja, daß sie nicht verhindern konnten, daß du in die Stadt zurückkommst.«

»Mir blieb kaum eine andere Wahl, als zurückzukommen«, sagte Chekov.

Das Mädchen führte ihn zu einem Tisch, der von dem Tisch des Killers weit entfernt war. »Aber vielleicht hättest du besser nicht zurückkommen sollen«, sagte sie.

»Und dich nicht wiedersehen?«

»Aber es ist doch ein furchtbares Risiko, besonders wo Morgan hier im Saloon ist.«

Kirk, der sich an einen der Tische gesetzt hatte, stand wieder auf, um sich den ersten der Männer, die zu ihren Henkern bestimmt worden waren, genauer anzusehen. »Natürlich«, murmelte er. »Der Gentleman, der erst schießt und dann Fragen stellt: Morgan Earp.«

Earp rührte sich nicht, ließ aber Kirk keine Sekunde aus den Augen.

»Captain«, sagte Spock leise, »da wir eben gesehen haben, daß der Tod die einzige Realität hier zu sein scheint, schlage ich vor, daß Sie sich zurückziehen, ohne auch nur einen Muskel Ihrer Hände zu bewegen. Sonst könnten Sie sich plötzlich in ein Spiel verwickelt sehen, das sich ›Wer zuerst zieht‹ nennt, wenn ich mich richtig erinnere.«

Kirk setzte sich wieder.

Der Barkeeper rief: »Wie immer, Boys?«

»Klar«, sagte Scotty fröhlich. »Einen halben Liter Scotch.«

»Ihr wißt doch genau, daß wir hier nur Bourbon haben. Aber Gin ist da.«

»Ich glaube kaum, daß wir jetzt Zeit für Unterhaltungen haben«, sagte Kirk bestimmt und warf einen Blick auf Chekov, dem sich das Mädchen jetzt auf den Schoß gesetzt hatte, »für keine Form von Unterhaltung«, fügte er hinzu.

»Was kann ich denn dagegen tun, Captain?« sagte Chekov. »Man soll doch immer gute Beziehungen zu den Eingeborenen unterhalten.«

»Schon gut«, sagte das Mädchen und stand auf. »Ich weiß, daß ihr etwas zu besprechen habt. Sei vorsichtig, Billy.« Sie ging fort.

»Mr. Spock«, sagte Kirk, »mit Ausnahme der Revolver, die wir jetzt tragen, haben wir uns in keiner Weise verändert. Sogar unsere Kleidung ist die gleiche wie vorher. Trotzdem halten uns diese Menschen für die Clantons.«

»Ich habe nichts dagegen«, grinste Chekov und folgte der Kellnerin mit den Blicken.

»Warten Sie ab«, sagte Kirk.

»Ziehen wir doch einmal das Resümee: Wir befinden uns in Tombstone, und zwar an dem Tag der Schießerei am OK-Corral, und wir sind die Clanton-Bande. Morgan Earp wird seine Brüder von unserer Anwesenheit informieren.«

»Und die Geschichte wird unabänderlich ihren Lauf nehmen«, sagte Spock.

»Das wird sie nicht«, sagte Kirk ärgerlich. »Ich werde nicht zulassen, daß wir von einer Bande Halbwilder abgeschlachtet werden.«

»Und wie wollen Sie das verhindern, Captain?«

Ohne auf die Frage einzugehen, stand Kirk auf und trat an die Bar.

»He, Barkeeper. Sie behaupten, uns zu kennen, nicht wahr?«

»Ich behaupte es nicht, ich weiß es.«

»Sie irren sich. Sie denken, daß ich Ike Clanton bin. Das stimmt nicht. Ich bin James T. Kirk, Kapitän des Raumschiffs *Enterprise*. Und die anderen Männer sind einige meiner Offiziere. Wir sind nicht wirklich hier. Wir sind noch nicht einmal geboren.«

Die Umstehenden brachen in schallendes Gelächter aus, und einer der Männer sagte: »Ich kann mir denken, daß das jetzt Ihr sehnlichster Wunsch ist.«

Kirk fuhr herum und wandte sich an den nächststehenden Mann. »Sie da! Fühlen Sie doch das Material meines Hemdes.«

Der Mann kicherte, tat es aber.

»Merken Sie nicht, daß es ganz anders ist als Ihr Hemd?«

»Scheint so«, sagte der Cowboy. »Vor allem sauberer, würde ich sagen.«

»Haben Sie schon jemals solche Kleidung gesehen, wie wir sie tragen?«

Der Cowboy überlegte einen Augenblick. »Klar. An den Clantons.«

Wieder brachen die Umstehenden in wieherndes Gelächter aus.

»Hören Sie, Ike«, sagte der Cowboy. »Wir wissen, daß Sie sich immer über andere lustig machen. Aber ich kenne Sie genau. Und Ed« – er deutete auf den Barkeeper – »kennt Sie auch. Und Sylvia kennt Billy Clairborne noch besser. Wenn Sie jetzt behaupten wollen, daß Sie jemand anders sind, haben Sie sicher einen guten Grund dafür. Aber wenn Sie plötzlich Angst haben, warum sind Sie dann überhaupt nach Tombstone zurückgekehrt?«

Kirk runzelte die Stirn und versuchte nachzudenken. Dabei zog er den Revolver und spielte nervös damit herum. Der Cowboy wurde blaß und trat einen Schritt zurück. Zu spät erkannte Kirk, was er getan hatte, steckte den Revolver in das Halfter zurück und wandte sich an den Barkeeper.

»Ed...«

»Mir ist es egal, Ike«, sagte der Barkeeper friedfertig. »Es kommt ja auch gar nicht darauf an, für wen ich dich halte. Dein Problem ist, für wen Wyatt Earp dich hält.«

Enttäuscht kehrte Kirk an den Tisch zurück. Seine Männer blickten ihn prüfend an.

»Also lassen wir das«, sagte er resigniert, als er sich setzte. »Sie begreifen es einfach nicht.«

»Captain.«

»Ja, Mr. Spock.«

»Wir wissen, daß die Melkotianer wirkliche Telepathen sind. Und dieser Melkotianer vorhin hat gesagt, daß er uns auf Ihre Art töten würde.«

»Wollen Sie damit andeuten, daß er nur deshalb, weil ich mit dieser Epoche der amerikanischen Geschichte vertraut bin...«

»Er hat in Ihr Gedächtnis geblickt und den nach seiner Ansicht besten Ort und Zeitpunkt für unsere Bestrafung ausgewählt. Während Sie eben dort an der Bar standen, fielen mir einige Aufzeichnungen über diese Epoche ein, die ich einmal zu Gesicht bekommen habe. Völlig ungewollt haben Sie die typische Haltung eines Revolverhelden eingenommen. Und Sie haben auch den Revolver wie ein Experte gehandhabt.«

»Eine Art ererbter Verhaltensform?« sagte McCoy. »Lächerlich. Erlerntes Verhalten kann nicht vererbt werden.«

»Das weiß ich auch, Dr. McCoy«, sagte Spock ruhig. »Andererseits aber ist die Möglichkeit eines archaischen Erinnerungsvermögens – Archetypen, die aus dem kollektiven Unbewußten stammen, falls so etwas wirklich existieren sollte – noch niemals widerlegt worden. Und Sie haben das Verhalten des Captain ja selbst beobachtet und kommentiert. Wenn Sie einen weiteren Beweis dafür wollen: Würden Sie bitte Ihren Revolver ziehen, ihn um den Finger kreisen lassen, wie es der Captain vorhin getan hat, und ihn dann wieder mit routinierter Bewegung ins Halfter zurückstecken?«

»Das würde ich nicht einmal wagen«, gab McCoy zu. »Mit einer Holzkeule würde ich mich viel sicherer fühlen.«

»Ich möchte sicher gehen, daß ich die Sachlage richtig verstehe«, sagte Kirk. »Sind Sie der Meinung, daß sich die Melkotianer völlig darauf verlassen, daß ich mich genauso benehme wie diese Männer hier? Daß ich instinktiv auf die Herausforderung der Earps reagiere und damit unser Ende heraufbeschwöre?«

»Nicht instinktiv, Captain, aber gewiß unbewußt. Das ist eine Möglichkeit, vor der Sie sich hüten müssen.«

»Ich werde daran denken. Hat irgend jemand einen Vorschlag, wie wir aus dieser Sache ungeschoren herauskommen können?«

»Warum verlassen wir nicht einfach die Stadt?« schlug Chekov vor.

»Es gibt nichts außerhalb der Stadt«, sagte Spock. »Halten Sie sich immer vor Augen, daß wir uns in Wirklichkeit auf dem Planeten der Melkotianer befinden. Falls wir versuchen sollten, die Stadt zu verlassen, dürfte es für sie eine Kleinigkeit sein, uns wieder zurückzuschaffen, genau so, wie sie uns vorhin in diese Stadt versetzt haben.«

»Auch richtig«, sagte McCoy, »und durchaus logisch. Aber warum lassen wir nicht einmal die Logik außer acht und versuchen, uns etwas einfallen zu lassen, das funktionieren könnte? Wenn wir nur einen einzigen Phaser hätten, oder noch besser, einen Kommunikator! Es wäre ein Vergnügen, die dummen Gesichter der Earps zu sehen, wenn wir genau dreißig Sekunden vor der letzten Auseinandersetzung vor ihren Augen verschwinden und zum Schiff zurückbeamen würden.«

»Und das ist ein sehr guter Ansatzpunkt, Pille«, sagte Kirk. »Mr. Spock, als wir damals aus der Stadt am Rande der Ewigkeit in die Vergangenheit zurückversetzt wurden, haben Sie aus Ihrem Tricorder einen funktionstüchtigen Computer konstruiert. Und Sie haben einen Tricorder bei sich.«

»Aber damals sind wir ins Chicago der 1930er Jahre zurückversetzt worden«, sagte der Erste Offizier. »Und selbst damals war die Technologie noch kaum in der Lage, mir die notwendigen Bauteile und Kraftquellen zu liefern. Hier aber gibt es nicht einmal Edelsteine, die man als Detektor-Kristalle verwenden könnte, keine Metalle, nicht einmal elektrischen Strom.«

»Da hat er völlig recht«, sagte Scott. »Unter diesen Umständen würde auch ich nichts zustande bringen.«

»Dann sind wir also wirklich auf die Mittel und Methoden dieser Epoche angewiesen«, sagte Kirk.

»Vielleicht nicht«, sagte McCoy nachdenklich. »In den Patronen befindet sich Schwarzpulver. Und es muß in der Stadt auch irgendwelche Medikamente und Drogen geben. Einer von dieser Earp-Bande wird Doc genannt.«

»Doc Holliday. Er war Zahnarzt«, sagte Kirk.

»Trotzdem. Er hat sicher irgendwelche Medikamente, Kräuter und so weiter gehabt. Einen Mörser. Alkohol – uns würde dazu auch Whisky reichen.«

»Was hast du denn vor?« fragte Kirk mißtrauisch.

»Was würde geschehen, wenn wir nicht mit Revolvern am OK-Corral erscheinen – sondern mit Gummischleudern und Betäubungspfeilen?«

Langsam zog ein Lächeln über Kirks Gesicht. »Gar nicht schlecht, Pille. Und was wäre der erste Schritt in dieser Richtung?«

»Ich werde Doc Holliday besuchen.«

»Aber er gehört zu unseren Gegnern. Wir sollten lieber alle miteinander gehen.«

»Kommt gar nicht in Frage«, sagte McCoy. »Dann würde es sofort zu einer Schießerei kommen. Ich werde allein zu ihm gehen und sehen, was ich von ihm erfahren kann, als medizinischer Kollege sozusagen.«

»Also gut, Pille«, sagte Kirk nach einer Weile. »Aber sei vorsichtig.«

»Darauf kannst du dich verlassen«, sagte McCoy. »Vorläufig gefällt mir das Leben noch.«

Doc Hollidays Praxis befand sich in einem Barbierladen. Als McCoy hereintrat, saß gerade ein Patient auf dem Behandlungsstuhl. Doc Holliday war dabei, ihm einen Zahn zu ziehen, und der Mann strampelte und schrie. Fasziniert sah McCoy dem Schauspiel zu.

Doc Holliday hatte anscheinend noch nie etwas von weißen Arztkitteln gehört. Er praktizierte in Frack, enger Hose, schwarzem, breitrandigem Hut und schwarzer Krawatte – einer etwas eleganteren Version der Kleidung, die auch Morgan Earp trug.

Nachdem er dem schwitzenden Zahnarzt eine Weile zugesehen hatte, sagte McCoy: »Zu stark gespreizte Wurzeln, nehme ich an.«

Holliday grunzte abwesend. Dann aber schien er die Stimme zu erkennen, sprang zurück und riß den Frackschoß zur Seite, so daß er seinen Revolver frei hatte.

»Wollen Sie's jetzt austragen, McClowery?«

»Ich heiße McCoy.«

»Hören Sie, Doc«, sagte der Patient ungeduldig. »Wollen Sie ihn nun ziehen oder...« Dann erkannte auch er McCoy, und sein Gesicht wurde weiß wie ein Laken. »Bitte, nicht schießen, Boys. Doc, stecken Sie den Revolver wieder weg.«

Er versuchte aufzuspringen. Doc Holliday stieß ihn auf den Stuhl zurück. »Sitzenbleiben!« sagte er grob. »Ich habe mir doch nicht die ganze Mühe umsonst gemacht. Und was Sie betrifft, McClowery, wenn Sie einem Arzt während einer Behandlung in den Rücken schießen...«

»Keine Angst. Mich interessiert der Fall selbst. Darf ich mal sehen?«

McCoy sperrte den Mund des Patienten auf und blickte hinein. »Hmmm... Der Zahn ist wirklich hinüber. Was für ein Anaesthetikum verwenden Sie eigentlich? Preliform D? Ach nein, das gab es ja zu Ihrer Zeit noch nicht. Chloroform vielleicht? Benutzen Sie wirklich noch Chloroform? Aber warum ist der Patient dann nicht bewußtlos?«

»Was verstehen Sie denn davon?«

»Ich habe auch schon öfters Zähne gezogen.«

»Ich benutze immer Whisky«, sagte Doc Holliday. »Von Chloroform habe ich noch nie gehört.«

»Gefährliches Zeug, dieser Alkohol«, sagte McCoy. »Man glaubt, der Patient ist so betrunken, daß er nicht einmal mehr seinen Namen kennt, und dann spürt er den Schmerz und peng! Plötzlich ist er stocknüchtern.«

»Ich habe aber nichts anderes als Whisky«, sagte Doc Holliday mürrisch.

»Nun, eigentlich brauchen Sie in diesem Fall überhaupt kein Betäubungsmittel. Ein bißchen Druck reicht völlig. Wenn Sie gestatten...« Er nahm Doc Holliday die klobige Zange aus der Hand, betrachtete sie kopfschüttelnd und zuckte die Achseln. »Man muß sich eben damit behelfen«, murmelte er.

»Hören Sie mal, McClowery...«

»Passen Sie lieber auf«, sagte McCoy. »Es gibt einen Druckpunkt am Oberkiefer. Wenn Sie den pressen – sehr kräftig – und dann…«

Er setzte die Zange an und rüttelte an dem Zahn. Eine Sekunde später hielt er ihn dem verblüfften Doc Holliday vor die Nase.

»He!« rief der Patient. »Was ist denn los? Haben Sie… er ist ja schon raus! Er ist raus, und ich habe überhaupt nichts gespürt!«

»Überhaupt nichts?« fragte Doc Holliday ungläubig.

»Nicht das geringste.«

»Wo haben Sie den Trick gelernt, McClowery?«

»Sie würden es mir doch nicht glauben. – Sie stammen aus dem Süden, nicht wahr?«

»Aus Georgia.«

»Wirklich? Ich auch. Aus Atlanta.«

»Das habe ich nicht gewußt«, murmelte Doc Holliday. »Ist es nicht eine Schande, daß ich einen Landsmann aus Georgia abknallen muß, wo es hier von Yankees nur so wimmelt.«

»Schade, daß wir so wenig Zeit haben, Doktor«, sagte McCoy und blickte Doc Holliday prüfend an. »Ihre Blässe –und die Augen –, ich bin sicher, Sie haben Tuberkulose. Wenn ich Sie mal untersuchen…«

Mit einem wütenden Aufschrei knallte Doc Holliday seinen Colt auf die Tischplatte. Der Patient sprang aus dem Barbierstuhl und rannte zur Tür hinaus.

»Noch ein Ton, und ich durchlöchere Sie wie ein Sieb!« schrie Doc Holliday.

»Warum denn? Warum sind Sie denn so wütend?«

»Ich weiß, daß meine Lungen nicht in Ordnung sind. Aber schießen kann ich noch immer!«

»Doktor«, sagte McCoy ruhig. »Wenn ich meine Instrumententasche hier hätte, könnte ich Ihre Krankheit durch eine simple Injektion heilen. Eine einzige Spritze und zwölf Stunden Ruhe, und die Tuberkulose wäre für immer kuriert. Ohne meine Ausrüstung wird es aber mehr Zeit beanspruchen.«

»Und Zeit bleibt Ihnen nicht mehr viel«, sagte Doc Holliday. »Schade. Sie scheinen ein ganz netter Kerl zu sein. Warum sind Sie nicht so schlau und schließen sich uns an?«

»Was? – Ich soll Kirk verraten?«

»Nein. Nur die Clantons.«

»Unmöglich«, sagte McCoy. »Aber deshalb können wir doch wenigstens im Augenblick Freunde bleiben. Ich würde mir gern ein paar Drogen ausborgen.«

»Soviel Sie wollen. Sie haben mir schließlich auch einen Gefallen getan. Aber erwarten Sie nicht, daß ich heute nachmittag um fünf vorbeischieße.«

So nebenher erfuhr McCoy die für sie festgelegte Todesstunde.

Als er wieder auf die Straße hinaustrat, blendete ihn das Sonnenlicht für einen Moment. Dann sah er Sylvia auf sich zukommen. Plötzlich überquerte sie die Straße und wandte den Blick zur Seite. Er wunderte sich, warum sie ihn so offensichtlich schnitt. Schließlich hatte sie ihre Sympathie für die Clantons im Saloon mehr als offen gezeigt. Dann sah er, daß drei Männer vor dem auf seiner Straßenseite gelegenen Büro des Sheriffs herumstanden. Alle drei trugen die gleiche Kleidung wie Doc Holliday, und da einer von ihnen Morgan war, gehörte nicht viel Scharfsinn dazu, um zu wissen, daß die beiden anderen Virgil und Wyatt Earp sein mußten.

McCoy trat wieder in die Tür des Barbierladens zurück. Im gleichen Augenblick sah er Morgan grinsend auf Sylvia deuten, und dann überquerte er die Straße und vertrat ihr den Weg.

»Na, wohin so eilig, mein Schatz?« fragte er und packte sie beim Ellenbogen.

Sylvia versuchte sich loszureißen. »Lassen Sie mich los!«

»Ich möchte Sie nur auf gewisse Dinge vorbereiten«, sagte Morgan. »Ab heute abend wird es keinen Billy Clairborne mehr geben, und dann...«

Die beiden anderen Brüder blickten plötzlich auf, und das Grinsen auf ihren Gesichtern erlosch. McCoy folgte ihren Blicken und sah zu seinem Entsetzen Chekov herankommen. Er ging auf der Mitte der Straße, das Gesicht finster und entschlossen.

Morgan bemerkte ihn auch. Er drängte das Mädchen ein wenig zur

Seite, hielt sie aber immer noch mit der linken Hand fest.

»Sieh mal an«, sagte er leise. »Hier kommt der Junge, der gerne ein Mann sein möchte.«

»Nehmen Sie Ihre Pfoten von dem Mädchen, oder...«

Morgan stieß Sylvia plötzlich von sich. Chekov griff nach seinem Revolver, aber als der Schuß krachte, hatte er die Waffe noch nicht einmal aus dem Halfter gerissen. Er griff nach seiner Brust, auf der sich ein roter Fleck rasch ausbreitete, und starrte Morgan mit einem Ausdruck von Schreck und Überraschung an. Dann stürzte er zu Boden und blieb reglos liegen.

McCoy stürzte schon auf Chekov zu und sah auch Kirk und Spock um eine Hausecke auf die Straße laufen.

Morgan Earp trat ein paar Schritte zurück und blickte die drei Männer verächtlich an.

McCoy ließ sich neben Chekov auf die Knie fallen. Er konnte Chekov nur noch die Augen zudrücken.

Er blickte zu Kirk auf. Jetzt war auch Scotty da. Weiß Gott, von woher er aufgetaucht war.

»Pille?« fragte Kirk mit rauher Stimme. Sein Gesicht war bleich.

»Er ist tot.«

Kirk starrte zu den drei grinsenden Earp-Brüdern hinüber. McCoy hörte, wie sich die Tür des Barbierladens öffnete. Doc Holliday trat zu seinen Genossen.

»Na, was ist, Ike?« fragte Wyatt Earp mit leiser Stimme. »Wollen wir die Sache gleich hinter uns bringen?«

Kirk trat einen Schritt vor, und seine Hand glitt auf den Kolben seines Colts. Spock und Scott hielten ihn zurück.

»Laßt mich los!« sagte Kirk und beherrschte mühsam seinen Zorn.

»Ja, laßt ihn los«, sagte Morgan. »Wir wollen mal sehen, ob er wirklich Mut hat.«

»Nehmen Sie sich zusammen, Captain«, sagte Spock ruhig.

McCoy stand langsam auf. Er hielt die Hand dicht über den Kolben seines Revolvers, obwohl er genau wußte, daß dieses schwere Ding, das da an seiner Hüfte hing, für ihn völlig unbrauchbar war. Es war mindestens dreimal so schwer wie ein Handphaser.

»Vorsicht, Jim«, sagte er. »Du hast gegen die vier nicht die geringste Chance. Keiner von uns hätte eine.«

»Sie haben den Jungen ermordet! Wenn Sie glauben, daß ich...«

»Sie dürfen jetzt nicht den Kopf verlieren, Captain«, sagte Scott. »Sonst bleibt der Junge nicht der einzige Tote und...«

»Wir brauchen mehr Informationen«, sagte Spock. »Hören Sie, Captain. Wir brauchen mehr Informationen.«

»Sehr klug, Clanton«, sagte Wyatt. »Nutzt die paar Stunden, die euch noch bleiben.«

Widerwillig ließ sich Kirk von den anderen fortziehen.

In einem Hinterzimmer des Saloons versah Spock kleine Pfeile mit Nagelspitzen. McCoy tauchte die Spitzen in einen Mörser, in dem sich eine zähflüssige, braune Masse befand; sein improvisiertes Betäubungsmittel. Fünf primitive Schleudern aus Gummibändern und ein fast völlig gerupfter Flederwisch, dessen Federn Spock an den Pfeilen befestigt hatte, lagen daneben.

»Wir können nur hoffen, daß die Dinger auch die Richtung beibehalten. Mit einem kleinen Windkanal könnte man das leicht feststellen; aber wir haben keine Zeit, einen zu bauen.«

»Irgendwie läßt mich das ziemlich gleichgültig«, sagte Kirk. »Manchmal ist man wie ein Gefangener seiner Vergangenheit. Ist Ihnen das auch schon passiert?«

»Ich verstehe Ihr Gefühl, Captain.«

»Ich verstehe Ihr Gefühl«, äffte ihn McCoy sarkastisch nach. »Chekov ist tot, und ihr unterhaltet euch darüber, was der andere fühlt. Was fühlen *Sie* denn, Spock?«

»Darüber will ich nicht diskutieren.«

»Weil es nichts gibt, über das man diskutieren könnte«, sagte McCoy angewidert.

»Wirklich nicht?« sagte Kirk. »Chekov ist tot. Ich stelle die Tatsache fest, kann sie aber immer noch nicht glauben. Sie kennen ihn genauso lange wie ich, haben genauso eng mit ihm zusammengearbeitet.

Da kann man doch nicht einfach zur Tagesordnung übergehen!«

»Spock hält eben nicht viel von Trauern«, sagte McCoy. »Das ist ihm zu menschlich.«

»Ich will Ihnen nicht zu nahe treten«, sagte Spock mit unbewegtem Gesicht. »Ich werde Fähnrich Chekov ebenfalls vermissen.«

Sie schwiegen eine Weile. Kirk fühlte, daß er seinem Ersten Offizier gegenüber unfair gewesen war. Gleichgültig, wie lange wir zusammen sein werden, dachte er, wir werden wohl niemals Spocks verborgenes Gefühlsleben entschlüsseln können.

»Captain, ich habe über etwas nachgedacht«, sagte Spock jetzt. »Ich weiß nicht viel von der berühmten Schießerei, in die wir da verwickelt werden sollen. Hat seinerzeit die ganze Clanton-Bande daran teilgenommen?«

»Ja.«

»Gab es Überlebende?«

»Lassen Sie mich nachdenken. – Ja, einen. Billy Clairborne. – *Billy Clairborne!*«

»Dann stehen wir also einem doppelten Paradoxon gegenüber. Der wirkliche Billy Clairborne hat an der Schießerei teilgenommen. Unser Billy Clairborne nicht. Der wirkliche Billy Clairborne hat die Schießerei überlebt. Unser Billy Clairborne ist bereits tot. Die Geschichte ist also schon verändert worden.«

»Und vielleicht gelingt es uns, sie noch ein bißchen mehr zu verändern«, sagte Kirk nachdenklich. Endlich war ein Hoffnungsschimmer zu sehen. »Pille, wie lange dauert es, bis dein Betäubungsmittel wirkt?«

»Drei oder vier Sekunden, nicht länger. Aber das ist natürlich nur eine Annahme. Wir haben es ja nicht ausprobieren können. Wenn wir irgendwelche Versuchstiere hätten...«

»Probieren Sie es an mir aus«, sagte Scotty. »Ich habe eine Pferdenatur.«

»Mit einer verdünnten Lösung vielleicht«, murmelte McCoy. »Gut. Rollen Sie einen Ärmel auf.«

»Captain«, sagte Spock. »Ich möchte vorschlagen, bei dieser Gelegenheit auch gleich den Flug der Pfeile zu überprüfen. Wir könnten einen in McCoys verdünnte Lösung tauchen und...«

»Zu gefährlich. Auf kurze Entfernung können auch Schleudern tödlich sein. Denken Sie an David und Goliath.«

»Ja, ich erinnere mich dunkel an die Geschichte. Aber ich hatte auch nicht vor, eine Schleuder zu verwenden, sondern den Pfeil mit der Hand zu werfen.«

Scott trat an eine Kommode und lehnte sich lässig dagegen, wie ein Mann, der an einer Bartheke steht, ein imaginäres Glas in der Hand, eine Hüfte vorgestreckt. »Nun machen Sie schon!«

»Achtung!« Spock schleuderte den Pfeil mit einer behutsamen Handbewegung. Er bohrte sich in Scotts linke Hinterbacke und blieb dort stecken.

»Uff«, sagte Scott und blieb reglos stehen. Sie starrten ihn gespannt an.

Es passierte – nichts. Nach fünf langen Minuten trat McCoy zu ihm und zog den Pfeil heraus. »Er ist in den Muskel eingedrungen«, sagte er. »Die Wirkung müßte längst eingetreten sein. Spüren Sie etwas, Scotty?«

»Überhaupt nichts.«

»Keine Schweißausbrüche? Kein Schwindelgefühl? Keine Kalpationen?«

»Ich habe mich noch nie so wohl gefühlt.«

McCoy blickte ihn enttäuscht an. »Das begreife ich nicht. Unverdünnt müßte das Zeug einen anstürmenden Elefanten zu Boden werfen.«

»Faszinierend«, sagte Spock.

»Faszinierend!« explodierte Kirk. »Mr. Spock, begreifen Sie nicht, daß eben unser Todesurteil ausgesprochen worden ist? Wir haben keine Zeit mehr, uns etwas anderes einfallen zu lassen!«

»Es ist trotzdem faszinierend«, sagte Spock nachdenklich. »Zuerst ein Verstoß gegen alle physikalischen Gesetze, dann eine Verdrehung der geschichtlichen Tatsachen und schließlich eine Aufhebung aller Regeln menschlicher Physiologie. Das kann kein Zufall sein. Es muß irgendwo eine gemeinsame Basis dafür geben – irgendeinen logischen Zusammenhang.«

»Dann müssen wir versuchen, ihn aufzudecken«, sagte Kirk. »Das ist unsere letzte Chance. Vielleicht können wir die geschichtlichen Tatsachen noch einmal verdrehen. Es ist jetzt zehn Minuten vor fünf. In zehn Minuten soll die ganze Sache am OK-Corral zu Ende gehen. Aber wir werden einfach nicht hingehen. Wir werden hier sitzenbleiben und uns nicht von der Stelle rühren.«

Spock nickte langsam. Aber seine Stirn war tief gefurcht. Die anderen blieben sitzen, als ob sie Angst hätten, sich zu bewegen.

Im oberen Stockwerk schlug eine Großvateruhr. Fünf Mal.

Flipp!

Grelles Licht der tiefstehenden Sonne blendete sie plötzlich.

Sie waren im OK-Corral.

»Weg von hier!« schrie Kirk und sprang über den Corral-Zaun. Er hörte die anderen hinter sich und rannte eine enge Gasse entlang. Am anderen Ende blieb er stehen und blickte umher.

Vor ihnen lag der OK-Corral.

Kirk starrte ihn verstört und verwirrt an.

»Die haben einfach alles umgedreht«, murmelte er wütend. »Hier entlang.«

Er führte sie auf dem Weg zurück, den sie gekommen waren. Die Gasse mündete auf die Main Street. Sie gingen eine andere Gasse entlang und musterten mißtrauisch die fensterlosen Holzwände, die sie säumten.

Am Ende der Gasse lag – wieder der OK-Corral.

»Scheint 'ne Menge von der Sorte zu geben«, sagte Scotty trocken.

»Hier entlang.«

Aber auch in dieser Richtung stießen sie wieder auf den OK-Corral.

»Wir sitzen in der Falle«, sagte Kirk mit ausdruckslosem Gesicht. »Die Melkotianer wollen auf jeden Fall verhindern, daß wir uns der Auseinandersetzung entziehen können. Also gut, dann müssen wir es eben durchstehen. Denkt immer daran, daß diese Revolver erheblich schwerer sind als Phaser. Und berücksichtigt den Rückschlag, der diese Waffe nach oben reißt. Also nach jedem Schuß sofort wieder herunter mit der Hand!«

»Captain«, sagte Spock, »das ist reiner Selbstmord. Keiner von uns hat irgendwelche Erfahrung mit diesen Explosivwaffen. Und wir können dem OK-Corral auch nicht ausweichen, das steht fest. Ich möchte Ihnen aber jetzt noch rasch eine Frage stellen: Was hat Fähnrich Chekov getötet?«

»Eine Kugel, das ist doch völlig klar.«

»Nein, Captain. Er ist durch seine eigenen Gedanken getötet worden. Hören Sie mir zu«, fuhr er rasch fort. »Dies ist äußerst wichtig. Das Versagen von Dr. McCoys Betäubungsmittel hat mich darauf gebracht. *Dieser Ort ist irreal.* Es ist eine telepathische Illusion, die von den Melkotianern hervorgerufen worden ist. Nichts, was hier geschieht, ist Wirklichkeit. Gar nichts.«

»Chekov ist tot«, sagte McCoy.

»In dieser Umgebung, ja. An einem anderen Ort aber... das wissen wir nicht. Wir können die Wirklichkeit nur an Hand der Reaktionen unserer Sinnesorgane beurteilen. Sobald wir von der Realität einer bestimmten Situation überzeugt sind, richten sich unsere Sinne nach den dort geltenden Regeln. Die Waffen wirken solide, die Kugeln sind Wirklichkeit, und sie können töten. Aber nur deshalb, weil wir daran glauben!«

»Da sind die Earps«, sagte Kirk. »Sie kommen auf uns zu, und sie wirken sehr real – und tödlich. Genau wie ihre Revolver. Glauben Sie, daß Sie uns vor ihnen schützen können, indem Sie einfach nicht an ihre Existenz glauben?«

»Ich kann nur mich selbst schützen, Captain. Sie müssen selbst zweifeln. Und zwar total. Wenn auch nur eine Spur von Glauben an diese Realität, wie wir sie jetzt zu erleben glauben, übrigbleibt, sterben Sie.«

Die drei Earps, in schwarzen Anzügen und mit entschlossenen Gesichtern, kamen in einer Linie auf sie zu. Die anderen Menschen stoben davon wie aufgescheuchte Hühner.

»Mr. Spock«, sagte Kirk. »Zweifel läßt sich nicht willkürlich an- und abschalten wie eine Lampe. Sie sind vielleicht dazu in der Lage; aber wir sind schließlich nur Menschen.«

»Die hypnotischen Kräfte der Vulkanier«, sagte Dr. McCoy plötzlich.

»Ja, da haben Sie recht«, sagte Spock. »Von mir aus hätte ich den Vorschlag nicht gemacht. Ich habe eine anerzogene Blockierung gegen jedes Eindringen in den Geist eines anderen Menschen. Aber wenn Sie einverstanden sind...«

»Ja.«

McCoy zögerte. Dann lehnte er sich gegen die Wand der Wagenremise am Rand des Corrals. Spock trat auf ihn zu, immer näher. Er hob die Hände, spreizte die Finger auf McCoys Gesicht zu. Immer näher und näher...

»Ihren Geist zu meinem Geist«, sagte er leise. »Ihre Gedanken sind meine Gedanken. Ihr Geist vereinigt sich mit dem meinen, verschmilzt völlig mit ihm.«

McCoy schloß die Augen, öffnete sie nach ein paar Sekunden wieder.

Doc Holliday war zu den drei Earps gestoßen. Er hielt eine zweiläufige, abgesägte Schrotflinte unter dem Frackschoß. Schwarz gekleidet und mit unbewegten Gesichtern, wie eine Trauerprozession, kamen die vier Männer die Straße entlang, sehr real und wie eine Quintessenz des Todes.

Spocks Hände glitten langsam auf Kirks Gesicht zu. »Sie sind irreal, ohne Körper, gar nicht vorhanden«, flüsterte er. »Hören Sie, Jim. Sie sind nur Illusion, Schatten ohne jede Substanz. Sie können Ihnen nichts antun. Das verspreche ich Ihnen.«

Die Earps und Doc Holliday schritten durch die längerwerdenden Schatten auf sie zu. Der Doppellauf der Schrotflinte wippte rhythmisch unter Doc Hollidays Frackschoß. Ihre Gesichter waren bleich, und die Augen brannten darin wie Kohlen. Hinter ihnen verdunkelte sich der Himmel.

»Scotty«, sagte Spock, und seine Stimme klang tief und eindringlich. »Hören Sie mir zu. Die Wolken sind ohne Wasser; Bäume, die fruchtlos sind, zweifach tot, wandernde Sterne, die für immer im Dunkel der Ewigkeit verborgen bleiben.«

Die vier schwarzen Gestalten blieben stehen, etwa zehn Schritte von ihnen entfernt.

Wyatt Earp sagte: »Zieht!«

Kirk blickte seine Männer an. Ihr Gesichtsausdruck war starr, ausdruckslos, abwesend.

Kirk nickte und griff nach dem Kolben seines Colts.

Die Earps rissen ihre Revolver heraus. Zwanzig Revolverschüsse krachten kurz hintereinander, und zweimal dröhnte Doc Hollidays Schrotflinte. Pulverrauch zog in dichten Schwaden über die Straße, ein ätzender Gestank breitete sich aus. Alle Schüsse wurden ausschließlich von den Earps abgefeuert.

»Vielen Dank, Mr. Spock«, sagte Kirk leise und starrte die verblüfften Earps an. »Und jetzt, Gentlemen, wollen wir die Sache wirklich zu Ende bringen: rasch, hart und wie es sich gehört.«

Die vier Männer der *Enterprise* gingen auf die Earps los. Die Revolvermänner waren einiges an Schießereien und Schlägereien gewöhnt, aber gegen die raffinierte Karate-Technik des Raumfahrtzeitalters und Spocks genaue Kenntnis über die verwundbaren Stellen des menschlichen Nervensystems waren sie völlig wehrlos. Innerhalb weniger Sekunden war die Geschichte zu vier bewußtlosen, schwarz gekleideten Gestalten reduziert worden, die reglos im Staub der Straße lagen...

...Und die Stadt Tombstone verschwamm, pulsierte, flimmerte, wurde wieder zu einem nebeligen Nichts.

Kirk starrte in den Nebel und merkte plötzlich, daß Chekov neben ihm stand. Er mußte zweimal schlucken, bevor er sagen konnte: »Wieder zurück, Fähnrich?«

Mehr zu sagen, blieb ihm keine Zeit, weil sich plötzlich die transparente Gestalt des Melkotianers gegen den Hintergrund der wallenden Nebel abhob.

»Erklären Sie«, sagte die Gestalt.

»Gerne«, sagte Kirk ruhig. »Aber was soll ich Ihnen erklären?«

»Für Sie waren die Kugeln irreal. Für die Männer, die wir gegen Sie gestellt hatten, waren sie aber durchaus wirklich – und tödlich. Warum haben Sie sie nicht erschossen?«

»Wir töten nur aus Notwehr«, sagte Kirk. »Als wir erkannt hatten, daß es völlig unnötig war, Ihre Spieler zu töten, haben wir uns auf eine andere, für alle Beteiligten weniger nachteilige Weise gegen sie verteidigt.«

»Ist das«, fragte der Melkotianer, »die Art Ihrer Rasse?«

»Hmm... im großen und ganzen ja«, sagte Kirk zögernd. »Wir sind natürlich nicht alle gleich; aber im allgemeinen wünschen wir den Frieden. Und das gilt nicht nur für meine Spezies, sondern für alle Mitglieder einer riesigen Allianz, die den gleichen Überzeugungen anhängen. Man hat uns hierhergeschickt, um Sie zu fragen, ob Sie dieser Allianz nicht beitreten wollen.«

Eine lange Pause. Und während sie auf eine Antwort warteten, traten noch einmal die nun schon bekannten Effekte auf, und plötzlich befanden sie sich wieder auf der Brücke der *Enterprise*.

Uhura hatte Brückenwache. Sie schien nicht im geringsten erstaunt zu sein, sie wiederzusehen. Im Gegenteil, ihre Haltung deutete darauf hin, daß sie die Brücke überhaupt nicht verlassen hatten.

Chekov wollte etwas sagen. Aber Kirk hob warnend die Hand. Chekov blickte ihn erstaunt an und fragte leise: »Was ist eigentlich geschehen, Captain? Wo bin ich gewesen?«

»Was glauben Sie denn?«

»Hier auf der Brücke... glaube ich. Aber ich erinnere mich an ein Mädchen...«

»An sonst nichts?«

»Nein«, sagte Chekov. »Aber sie kam mir so wirklich vor...«

»Vielleicht ist das der Grund dafür, daß Sie jetzt hier sind, Fähnrich. Sonst ist Ihnen nichts als Realität erschienen?«

Chekov starrte Kirk an und war offensichtlich noch verwirrter als zuvor; aber er schien es für richtiger zu halten, die Sache auf sich beruhen zu lassen.

»Captain«, sagte Leutnant Uhura. »Ich erhalte eben eine Mitteilung von der Boje der Melkotianer.«

»Aufnehmen«, sagte Kirk und wandte sich an den Ersten Offizier. »Mr. Spock, wieviel Zeit ist eigentlich verstrichen, seit – nun, seit wir zuletzt hier saßen?«

»Nach der Uhr nicht eine einzige Minute.«

»Das dachte ich mir. – Ist das Ganze eigentlich wirklich geschehen oder nicht?«

»Darauf kann ich Ihnen auch keine Antwort geben, Captain. Das ist eine Sache der Auslegung.«

»Hm. – Leutnant Uhura, lesen Sie die Mitteilung der Nachrichtenboje vor.«

Die Nachricht lautete: »Fremde! Sie sind in unseren Raum eingedrungen. Wir heißen Sie willkommen und versichern Sie unserer Friedens- und Verständigungsbereitschaft.«

»Sehr gut, Leutnant Uhura. Bitten Sie um Angabe von Zeit und Ort eines Zusammentreffens. Mr. Spock, ich möchte unter vier Augen mit Ihnen sprechen.«

Spock folgte dem Captain zur anderen Seite der Brücke.

»Mr. Spock«, sagte Kirk. »Ich muß mich wieder einmal bei Ihnen für Ihr klares, gründliches und logisches Denken bedanken. Aber noch etwas muß ich Ihnen sagen, unter uns und ohne Zeugen: Ich glaube, Sie sind sentimental wie ein altes Weib.«

»Sir!«

»Ich habe gehört, was Sie mir und den anderen Männern sagten, als Sie uns davon zu überzeugen versuchten, daß wir den Illusionen der Melkotianer keinen Glauben schenken dürften. Jedes Ihrer Worte basierte auf einem umfassenden Verstehen des betreffenden Mannes und« – er räusperte sich – »Liebe.«

»Captain«, sagte Spock unbewegt, »ich habe nur getan, was notwendig war.«

»Natürlich, natürlich, Mr. Spock. Das weiß ich.«

Spock wandte sich ab und ging zu seinen Computern zurück, und der Captain blickte ihm mit einem Lächeln nach, das ein wenig amüsiert wirken sollte, aber seine Rührung nicht ganz verbergen konnte.

Die Maschine des Jüngsten Gerichts

Es ging Schlag auf Schlag. Zuerst kam der Notruf der *Constellation,* einem Raumschiff der gleichen Klasse wie die *Enterprise,* das unter dem Kommando von Brand Decker stand, einem von Kirks besten Freunden. Der Funkspruch war stark verstümmelt und brach plötzlich ab.

Er schien aus dem Gebiet um M-370 zu kommen, einem noch sehr jungen Stern mit einem System von sieben Planeten. Aber als die *Enterprise* dort eintraf, war die *Constellation* nicht zu finden. – Und auch das System war nicht mehr vorhanden.

Der Stern war nicht zur Nova geworden. Ruhig und majestätisch wie immer zog er seine Bahn durch den Raum. Aber von den Planeten war nichts mehr da als Asteroiden, Geröll und Staub.

Leutnant Uhura versuchte, genau die Richtung festzustellen, aus der der Notruf gekommen war. Die Peilung führte durch vier weitere Sonnensysteme – die jetzt *alle* nur noch aus Asteroiden, Geröll und Staub bestanden. – Nein, nicht alle. Die beiden inneren Planeten des fünften Systems schienen noch intakt zu sein. Und von der Position, an der sich etwa der dritte Planet hätte befinden müssen, hörten sie jetzt wieder die Signale der *Constellation.* Aber das Raumschiff sandte keine Notrufe mehr aus; es waren verzweifelte Signale des Untergangs.

Die Funksignale wurden von einer automatischen Rufanlage ausgestrahlt. Trotz wiederholter Anrufe meldete sich keine menschliche Stimme von dem Raumschiff. Und als die *Enterprise* ihr Schwesterschiff erreichte, sahen sie auf dem Bildschirm, daß zwei riesige Löcher in die Hyperraumtriebwerksgondeln gebohrt worden waren, kreisrund und sauber wie mit einem Phaser-Geschütz.

Kirk gab sofort Gefechtsalarm, obwohl sich nirgends ein weiteres

Raumschiff entdecken ließ. Scott meldete, daß alle Haupt- und Hilfstriebwerke der *Constellation* ausgefallen seien, daß aber die Batterien noch geringe Strommengen abgaben. Ihre Lebenserhaltungs-Systeme waren also noch funktionsfähig, aber die Brücke war, wie der Bildschirm zeigte, so schwer zerstört, daß sich unmöglich noch jemand dort aufhalten konnte.

»Wir gehen an Bord«, sagte Kirk. »Die *Constellation* hatte die gleiche Feuerkraft wie unser Schiff. Ich muß feststellen, wie ein so stark bewaffneter Kreuzer derartig zugerichtet werden konnte. Vielleicht sind noch ein paar Überlebende an Bord. Hol deine Instrumententasche, Pille! Scotty, stellen Sie eine Bergungsmannschaft zusammen! Mr. Spock, Sie übernehmen hier das Kommando und halten alle Mann in Gefechtsbereitschaft!«

»Aye, aye, Captain«, sagte Spock.

Die Lichter an Bord der *Constellation* brannten flackernd und trübe, und die Decks waren mit Trümmern übersät. Die drei Männer der Bergungsmannschaft stellten eine normale Strahlungsintensität fest, einen Druck von 800 Gramm pro Quadratzentimeter, einen völligen Ausfall der Kommunikations- und Filtersysteme. Der Hyperraumantrieb war ein irreparabler Schrotthaufen. Erstaunlicherweise war der Reaktor aber intakt. Er war lediglich abgeschaltet worden. Und auch der Impuls-Antrieb war noch brauchbar.

Doch es gab keine Überlebenden – aber auch keine Leichen.

Kirk überlegte einen Augenblick, dann rief er die *Enterprise* an. »Mr. Spock, das Schiff scheint von der Besatzung aufgegeben worden zu sein. Halten Sie es für möglich, daß die Mannschaft sich mit dem Transporter auf einen der beiden Planeten gerettet hat?«

»Sehr unwahrscheinlich, Captain«, erwiderte Spock. »Die Oberflächentemperatur des inneren Planeten entspricht etwa der des schmelzenden Bleis, der andere hat eine äußerst dichte, giftige Atmosphäre, mit der der Venus vergleichbar.«

»Okay. Wir halten die Augen offen. Ende.«

»Die Batterien der Phaser-Geschütze sind fast erschöpft. Sie haben das Schiff also nicht kampflos aufgegeben«, sagte Scott.

»*Aber wo stecken sie?* Ich kann mir nicht vorstellen, daß ein Mann wie Brand Decker sein Schiff aufgibt, solange das Lebensversorgungs-System noch funktioniert.«

»Das Computer-System scheint ebenfalls noch intakt zu sein. Wenn der Bildschirm auf der Maschinen-Brücke noch funktioniert, könnten wir vielleicht ein Playback des Logbuchs durchlaufen lassen.«

»Gute Idee. Gehen wir.«

Sie eilten hinunter. Der Bildschirm auf der Maschinen-Brücke war tot. Aber das war ihnen plötzlich völlig gleichgültig. Vor den Armaturen saß Brand Decker. Seine Uniform war zerfetzt, sein Haar zerzaust, und er starrte mit blicklosen Augen auf den toten Bildschirm.

»Commodore Decker!«

Decker blickte auf. Er schien Kirk nicht zu erkennen. McCoy war sofort bei ihm.

»Commodore, was ist mit dem Schiff passiert!«

»Schiff?« sagte Decker abwesend. »Angegriffen... dieses Ding... als der vierte Planet auseinanderbrach...«

»Jim, der Mann hat einen schweren Schock erlitten«, unterbrach McCoy. »Bitte jetzt keine Fragen.«

»Gut. Aber sehen Sie zu, daß Sie ihn wieder auf die Beine bringen. Wir müssen wissen, was passiert ist.«

»Er hat einen vierten Planeten erwähnt«, sagte Scott. »Es sind aber nur noch zwei da.«

»Ja. Holen Sie die Mikrobänder aus dem Sensoren-Computer, und funken Sie sie Spock hinüber. Ich möchte eine komplette Analyse aller Berichte über die Vorgänge an Bord dieses Schiffes, als es sich dem Planeten näherte.«

»Ich habe Commodore Decker ein Beruhigungsmittel gegeben«, sagte McCoy. »Du kannst ihm jetzt ein paar Fragen stellen. Aber nicht übertreiben.«

Kirk nickte. »Commodore Decker«, sagte er. »Ich bin Jim Kirk, Kommandant der *Enterprise*. Verstehen Sie mich, Decker?«

»*Enterprise?*« murmelte Decker. »Wir konnten keinen Kontakt... konnten nicht fliehen... mußten es einfach tun... keine andere Wahl...«

»Keine andere Wahl, wozu?«

»Ich mußte sie mit dem Transporter hinunterbeamen. Es war ihre einzige Chance...«

»Sie meinen Ihre Mannschaft?«

Decker nickte. »Ich war... der letzte an Bord... Es griff wieder an... zerstörte den Transporter... Ich konnte nicht mehr von Bord.«

»Aber *wo* sind Ihre Leute?«

»Dritter Planet.«

»Es gibt keinen dritten Planeten.«

»Aber es gab einen«, sagte Decker. »Es gab einen. – Dieses Ding... hat ihn zerstört... ich habe sie gehört... die Hilferufe von vierhundert Männern... meine Männer... wie sie um Hilfe flehten... und ich konnte nichts tun... gar nichts...« Die Stimme wurde immer stockender und leiser wie ein ablaufendes Uhrwerk, und dann erstarb sie ganz.

»Phantastisch«, murmelte Scott. »Was kann das für eine Waffe gewesen sein?«

»Wenn Sie... es miterlebt... hätten, wüßten... Sie es«, sagte Decker mühsam. »Das ganze... Ding... ist... eine Waffe... Anders ist... es nicht... zu erklären.«

»Und wie sieht es aus, Commodore?« fragte Kirk.

Nach einer langen Pause antwortete Decker: »Es ist etwa hundertmal so groß wie unser Schiff – einige Kilometer lang, und sein Rachen ist so riesig, daß es ein Dutzend Schiffe gleichzeitig verschlingen könnte. – Es zerstört Planeten... zermahlt sie zu Geröll und Staub.«

»Warum? Ist es ein feindliches Raumschiff – oder ist es lebendig?«

»Beides – oder keins von beiden. – Ich weiß es nicht.«

»Und wo steckt es jetzt?«

»Ich... ich weiß es nicht.«

Kirk hob seinen Kommunikator. »Mr. Spock, immer noch kein Zeichen von einem anderen Schiff?«

»Ja und nein, Captain«, erwiderte der Erste Offizier zögernd. »Wir haben eine eigenartige Funkstörung im Hyperraum, der eine Verbindung mit dem Flotten-Kommando verhindert. Sonnenstürme können nicht der Grund dafür sein. Aber unsere Sensoren können außer der *Constellation* kein anderes Raumschiff auffassen.«

»Wie weit sind Sie mit der Analyse der Bandaufnahmen?«

»Gerade fertig. Wir haben festgestellt, daß die *Constellation* von etwas angegriffen worden ist, das essentiell ein Roboter sein muß – ein automatisches Waffensystem von riesigen Ausmaßen und gigantischer Zerstörungskraft. Seine Aufgabe scheint darin zu bestehen, Planeten zu Geröll und Staub zu zermahlen, diese Trümmer in sich aufzunehmen und sie zu Brennstoff zu verarbeiten. Es ist also von jeder Versorgung unabhängig, solange es Planeten gibt, die es verdauen kann.«

»Ursprung?«

»Mr. Sulu hat die Route des Roboters festgestellt, indem er die von uns und der *Constellation* gesichteten zerstörten Sonnensysteme als Kurs dieser Maschine annahm. Wir haben errechnet, daß dieses Zerstörungsgerät in scharfem Winkel in unsere Galaxis eingebogen ist. Wenn man diese Bahnkurve extrapoliert, so führt sie durch die am dichtesten bevölkerten Sonnensysteme der Milchstraße.«

»Danke, Mr. Spock. Halten Sie die *Enterprise* in Gefechtsbereitschaft. – Commodore Decker, Sie haben viel durchgemacht. Ich halte es für richtig, wenn Sie und Dr. McCoy sich jetzt auf mein Schiff beamen lassen, damit man Sie gründlich untersuchen kann.«

»Gut«, sagte Decker. »Aber Sie haben eben die Meldung Ihres Ersten Offiziers gehört, Captain. Das Ding rast auf das Zentrum unserer Galaxis zu – Tausende von bevölkerten Planeten! – *Was werden Sie tun?*«

»Ich werde nachdenken«, sagte Kirk. »Mr. Spock«, sagte er wieder in den Kommunikator. »Der Transporterraum soll Dr. McCoy und Commodore Decker sofort an Bord nehmen!«

Sekunden später schienen sich die beiden Männer aufzulösen und waren verschwunden. Kirk und Scott blieben allein auf der toten Maschinen-Brücke zurück.

»Sie sind an Bord«, meldete Spock gelassen über den Kommunikator. Und dann, plötzlich, ohne Pause: »Alarm! Mr. Sulu! Sechzig Grad Nord zur galaktischen Ekliptik, aus dem Hyperraum, Geschwindigkeit Sol Eins!«

»Mr. Spock!« brüllte Kirk in den Kommunikator, obwohl Spock ihn natürlich genauso gut gehört haben würde, wenn er nur geflüstert hätte. »Warum der Alarm? Warum fliehen Sie? Ich kann hier nicht verfolgen, was bei euch los ist. Berichten Sie!«

»Commodore Deckers Planeten-Killer ist da, Captain. Er ist eben aus dem Hyperraum aufgetaucht. Metallischer Rumpf, riesiger Trichter-Rachen, mindestens zwei Kilometer lang. Er verfolgt uns; aber wir können anscheinend bei Geschwindigkeit Sol Eins den Abstand halten. Nein – er kommt langsam näher. Die Sensoren weisen eine Art Konversions-Antrieb aus. Kein Zeichen von Leben an Bord. Das ist auch nicht zu erwarten, da unsere Isotopen-Analyse darauf hindeutet, daß das Ding mindestens drei Milliarden Jahre alt ist.«

»Drei *Milliarden!«* rief Kirk verblüfft.

»Mr. Kirk. Da es sich um einen Roboter handelt, müßten wir doch in der Lage sein, ihn zu desaktivieren. Wieviel Chancen hätten wir dabei?«

»Keine, würde ich sagen. Ich glaube nicht einmal, daß wir nahe genug herankommen könnten, ohne angegriffen zu werden. Natürlich könnten wir Männer in Raumanzügen an Bord beamen; aber da das Ding ganz offensichtlich so etwas wie eine Maschine des Jüngsten Gerichts ist, wird ihr Kontrollmechanismus aus Prinzip völlig unzugänglich sein.«

»Eine Maschine des Jüngsten Gerichts, Sir?« fragte Scott verwundert.

»Ein kalkulierter Bluff, Scotty; eine Superwaffe, die so unüberwindlich ist, daß sie beide Gegner zerstört, wenn man sie anwendet. Sie ist vermutlich von irgendeiner Rasse einer anderen Galaxis konstruiert worden, um jeden Krieg unmöglich zu machen. Aber jemand hat den Bluff herausgefordert und das Risiko auf sich genommen. Diese Maschine ist vielleicht alles, was von dieser Rasse übriggeblieben ist – und sie ist offensichtlich so programmiert worden, daß sie weiterhin Planeten zerstört, bis in alle Ewigkeit.«

»Wir dürfen nicht zulassen, daß sie in unser Milchstraßensystem eindringt. Wir müssen es verhindern. Um jeden Preis. Sie sollten jetzt...«

Ein dumpfes Krachen aus dem Lautsprecher des Kommunikators unterbrach ihn.

»Mr. Spock!« rief eine entfernt klingende Stimme. »Wir haben einen Treffer! Der Transporter ist ausgefallen!«

»Ausweichmanöver! Maximalkraft auf die Abschirmungen! Phaser-Geschütze feuerbe...«

Der Kommunikator war plötzlich tot.

»Spock! Melden Sie sich, Spock!« Es war sinnlos.

Kirk blickte Scott an. »Wir sitzen fest. Blind und taub.«

»Noch schlimmer, Captain. Wir sind auch paralysiert. Die Sol-Antriebe der *Constellation* sind ein Schrotthaufen.«

»Aber wir können doch nicht einfach herumsitzen, während das Ding unser Schiff angreift! Lassen Sie den Sol-Antrieb und sorgen Sie für Impuls-Antrieb! Wenigstens mit halber Kraft – oder meinetwegen Viertelkraft. Wenn es nur ausreicht, dieses Wrack wieder manövrierfähig zu machen.«

»Aber damit sind wir doch niemals in der Lage, diesem Monster zu entkommen!«

»Wir wollen ihm auch nicht entkommen, sondern kämpfen!« sagte Kirk grimmig. »Wenn wir dieses Wrack in Bewegung setzen, können wir den Robot vielleicht von der *Enterprise* ablenken und unseren Leuten eine bessere Chance geben, es zu vernichten. Also an die Arbeit, Scotty! Ich werde inzwischen sehen, ob ich diesen Bildschirm reparieren kann. Wir können nichts tun, bevor ich weiß, was draußen los ist.«

Spock saß im Kommandosessel auf der Brücke und kalkulierte den Treffer-Schaden. Sol- und Impuls-Triebwerke waren noch in Ordnung. Commodore Decker und McCoy blickten ihn gespannt an.

»Kommunikations-Systeme?«

»Werden repariert, Mr. Spock«, meldete Uhura.

»Transporter?«

»Ebenfalls«, sagte Sulu.

»Es ist also nicht so schlimm, wie es ausgesehen hat«, sagte Spock.

»Mit anderen Worten: Wir haben Glück gehabt«, sagte McCoy.

»Die Maschine ist abgeschwenkt«, meldete Sulu. »Sie hält wieder auf ihrem alten Kurs, auf das Rigel-System zu.«

»Anscheinend ist sie darauf programmiert, ein so unbedeutendes Objekt wie ein Raumschiff zu ignorieren, wenn es außerhalb einer gewissen, unmittelbaren Gefahrenzone ist«, sagte Spock. »Mr. Sulu, bringen Sie das Schiff auf Gegenkurs. Wir wollen zur *Constellation* zurück und den Captain an Bord nehmen, während die Reparaturarbeiten im Gang sind. Vielleicht müssen wir die *Constellation* in Schlepp nehmen.«

»Aber wir müssen doch verhindern, daß dieses Ding das Rigel-System erreicht!« rief Decker erregt. »Millionen von Menschen...«

»Ich kenne die Bevölkerungsziffern der Rigel-Planeten«, unterbrach ihn Spock. »Aber wir sind nur ein einziges Schiff. Unsere Schutzschild-Generatoren sind hoch belastet. Unsere Kommunikations-Systeme sind unbrauchbar, solange wir uns in der Nähe dieses Robots befinden. Die Logik befiehlt uns, daß es unsere vordringlichste Pflicht ist, dieses Schiff zu erhalten, um das Flotten-Kommando warnen zu können.«

»Unsere vordringlichste Pflicht ist die Aufrechterhaltung von Leben und Sicherheit auf den Planeten der Föderation! – Rudergänger, Kommando zurück für den letzten Befehl! Nehmen Sie Kurs auf den Robot!«

Sulu blickte Spock fragend an. Es war eine ziemlich schwierige Situation. Kirk hatte Spock das Kommando über das Raumschiff übertragen. Aber Decker war der ranghöchste Offizier an Bord.

Spock sagte ruhig: »Führen Sie meinen Befehl aus, Mr. Sulu.«

»Mr. Spock«, sagte Decker, »ich weise Sie formell darauf hin, daß ich die mir nach der Dienstvorschrift zustehenden Rechte als ranghöchster Offizier an Bord wahrnehme und das Kommando über die *Enterprise* übernommen habe. Das Ding muß um jeden Preis zerstört werden.«

»Sie haben schon einmal versucht, es zu zerstören, Sir«, sagte Spock ruhig. »Das Resultat ist ein schrottreifes Raumschiff und eine tote Mannschaft. Damit ist der Beweis erbracht, daß ein einzelnes Raumschiff mit dieser Maschine nicht fertig werden kann.«

Decker verzog das Gesicht. Dann deutete er mit dem Finger auf Spock. »Ich enthebe Sie hiermit des Kommandos über dieses Schiff, Mr. Spock. Zwingen Sie mich nicht dazu, Sie auch unter Arrest zu stellen.«

Spock erhob sich wortlos.

McCoy packte ihn am Arm. »Das dürfen Sie nicht zulassen!«

»Unglücklicherweise«, sagte Spock, »bestimmt die Dienstvorschrift Nr. Eins-Null-Vier, Abschnitt B, Paragraph A: In Abwesenheit des Kommandanten ist...«

»Zum Teufel mit der Dienstvorschrift! Wie können Sie zulassen, daß er das Kommando übernimmt, wenn Sie genau *wissen*, daß er die Situation völlig falsch einschätzt?«

»Wenn Sie Commodore Decker für körperlich oder geistig unfähig erklären, ein Schiff zu führen, kann ich ihn gemäß Abschnitt C der Dienstvorschrift daran hindern.«

»Das kann ich nicht«, sagte McCoy. »Er ist völlig gesund. Ich kann behaupten, daß sein Plan völlig verrückt ist; aber das müßte ich medizinisch als eine Meinungsverschiedenheit klassifizieren, nicht als Diagnose.«

»Mr. Spock kennt seine Pflichten nach der Dienstvorschrift«, sagte Decker. »Sie auch, Doktor?«

»Jawohl, Sir«, sagte McCoy angewidert. »Meine Pflicht ist es, ins Krankenrevier zu gehen und auf die Verwundeten zu warten, die Sie mir sehr bald einliefern werden.« Er ging hinaus.

»Ruder hart backbord«, befahl Decker. »Volle Kraft auf die Schutzschilde. Phaser-Geschütze klarmachen zum Gefecht.«

Auf dem Bildschirm wuchs das Bild des Planeten-Killers. Decker starrte es mit grimmigem Gesichtsausdruck an, als ob er sich auf einen persönlichen Kampf gegen das Monster vorbereitete.

»Ziel im Feuerbereich«, meldete Sulu.

»Phaser-Geschütze feuern!«

Die Strahlen stachen in den Raum. Sie lagen alle direkt im Ziel, aber schienen keinerlei Wirkung zu haben. Es war, als ob die Strahlen einfach abprallten.

Plötzlich stach ein grellblaues Licht aus dem Rachen des Planeten-Killers. Die *Enterprise* erzitterte unter einem Einschlag, und sekundenlang erloschen alle Lichter.

»Verdammt!« sagte Sulu. »Was war das?«

»Ein Anti-Protonen-Strahl«, konstatierte Decker sachlich. »Damit hat die Maschine den vierten Planeten zerstört.«

»Unsere Schutzschilde sind nicht darauf eingerichtet, Sir«, sagte Spock. »Beim nächsten Treffer könnten unsere Generatoren vernichtet werden.«

Decker achtete nicht auf seine Worte. »Kurs auf den Gegner beibehalten und weiterfeuern«, befahl er.

Spock warf einen Blick auf die Instrumente. »Sir«, sagte er. »Unsere Instrumente zeigen an, daß der Rumpf des Roboters aus Neutronium besteht – aus molekularverdichtetem Material, das so massiv ist, daß ein Kubikzentimeter etwa eine halbe Tonne wiegt. Für einen Phaser-Strahl ist es genauso undurchdringlich wie für ein Streichholz. Nur wenn es uns gelingt, einen Treffer in seinem Mechanismus anzubringen…«

»Endlich zeigen Sie wieder Kampfgeist, Mr. Spock. Wir werden in einem Winkel von 90 Grad am Trichter-Rachen des Robots vorbeisteuern und ihm einen Phaser-Schuß direkt in den Schlund verpassen. Rudergänger, gehen Sie auf Kollisionskurs.«

Sulu legte vorsichtig das Ruder nach Steuerbord und erwartete offensichtlich jeden Augenblick einen weiteren Anti-Protonen-Strahl. Aber anscheinend hatte das Monster nichts dagegen, daß sich die leichte Beute aus freien Stücken auf seinen unersättlichen Schlund zubewegte.

»Feuer!«

Die Phaser-Geschütze zischten. Sulu blickte gespannt auf den Bildschirm.

»Die Strahlen werden in dem Trichter nur von einer Wand zur anderen reflektiert«, meldete er. »Sie können sie nicht durchdringen.«

»Näher ran!«

»Sir«, sagte Spock, »wenn wir die Entfernung weiter verringern, schlagen die Anti-Proton-Strahlen durch unsere Generatoren wie durch Seidenpapier.«

»Das Risiko müssen wir auf uns nehmen. Das Leben auf Tausenden von Planeten steht auf dem Spiel.«

»Sir, wir haben nicht die geringste Chance! Das ist doch reiner Selbstmord! Und ein Selbstmordversuch ist der klarste Beweis dafür, daß Sie psychologisch nicht in der Lage sind, das Kommando über ein Schiff zu führen. Wenn Sie nicht sofort Befehl zur Kursänderung geben, werde ich Sie des Kommandos entheben.«

»Vulkanische Logik!« schnaubte Decker verächtlich. »Erpressung wäre ein besserer Ausdruck dafür. – Also gut, Rudergänger, Kursänderung nach Backbord. Schalten Sie die Impuls-Generatoren auf volle Kraft.«

»Commodore«, sagte Sulu leise, »das Schiff gehorcht dem Ruder nicht mehr. Das Ding hält uns mit einer Art Traktor-Strahl gefangen.«

»Kann es uns heranziehen?«

»Nein, Sir. Wir können uns in dieser Distanz halten; zumindest für sechs, sieben Stunden. Aber inzwischen kann es ein Scheibenschießen auf uns veranstalten.«

Auf der Maschinen-Brücke der *Constellation* wurde der Bildschirm endlich wieder hell. Kirk starrte schockiert und ungläubig auf das Bild, das sich ihm bot.

»Hat denn Spock völlig den Verstand verloren?« fragte Scott entsetzt.

»Ich verstehe das auch nicht«, sagte Kirk. »Ich habe ihm befohlen, dem Robot auszuweichen.« Er blickte Scott an. »Wie sieht es im Maschinendeck aus?«

»Wir haben die Abschirmungen aktiviert; aber länger als ein paar Stunden können wir sie nicht halten. Was den Impuls-Antrieb betrifft, so kann ich höchstens ein Drittel der Normalleistung herausholen. Und selbst das nur, wenn wir sehr vorsichtig anfahren.«

»Also los. Wir müssen diesen Totentanz da draußen irgendwie zu Ende bringen.« Scott ging wieder ins Maschinendeck, und Kirk versuchte noch einmal den Kommunikator. Zu seiner Erleichterung hörte er sofort Leutnant Uhuras Stimme. Anscheinend hatte auch die *Enterprise* ihre Schäden behoben. »Leutnant, geben Sie mir Mr. Spock.«

Aber die Stimme, die sich jetzt meldete, sagte: »*Enterprise* an Kirk. Hier Commodore Decker.«

»Decker? – Was ist denn da los? Geben Sie mir sofort Mr. Spock.«

»Ich habe das Kommando übernommen, Captain. Ich sah mich dazu genötigt, als ich feststellen mußte, daß Mr. Spock nicht die notwendigen Maßnahmen ergriff, um...«

»Wollen Sie damit sagen, daß *Sie* dieser Idiot sind, der dafür verantwortlich ist, daß mein Schiff beinahe vernichtet wurde? Mr. Spock, melden Sie sich, falls Sie mich hören können.«

»Hier Spock, Captain.«

»Gut. Kraft meiner Autorität als Kommandant der *Enterprise* befehle ich Ihnen, Commodore Decker sofort des Kommandos zu entheben und das Schiff selbst zu führen. Commodore, Sie können später jederzeit beim Flotten-Kommando eine Anklage wegen Verstoßes gegen die Dienstordnung erheben, falls wir jemals lebend zur Basis zurückkehren sollten.«

»Ja, Sir.«

»Und falls der Commodore sich meinem Befehl widersetzen sollte, stellen Sie ihn unter Arrest. Ist das klar?«

»Ist schon erledigt«, sagte Spock. »Und Ihre weiteren Befehle?«

»Setzen Sie sich von diesem Robot ab!«

»Das können wir nicht, Sir. Diese Maschine hält uns mit einer Art Traktor-Strahl fest. Wir können höchstens erreichen, daß wir nicht in ihren Schlund hineingezogen werden – und auch das nur noch die nächsten sechs oder sieben Stunden, und falls das Ding uns nicht vorher durch Strahlenschüsse erledigt.«

»Das habe ich befürchtet. – Okay, ich werde versuchen, die *Constellation* in Ihre Nähe zu manövrieren. Vielleicht gelingt es mir, die Maschine von Ihnen abzulenken. Mit der geringen Antriebskraft, die wir aufbringen können, wird es etwa drei bis vier Stunden dauern. – Ist der Transporter eigentlich wieder in Ordnung?«

»Ja, Captain. Aber Sie können mir glauben, daß Sie hier nicht sicherer sind als da, wo Sie jetzt sind.«

»Das weiß ich, Mr. Spock. Ich möchte nur sichergehen, daß ihr uns an Bord holen könnt, sobald wir nahe genug heran sind, damit ich das Kommando wieder selbst übernehmen kann. Das ist alles. Ende.«

Kirk brachte die *Constellation* in Bewegung und dachte eine Weile nach. Dann rief er Scott.

»Was macht der Antrieb?« fragte er.

»Er läuft wenigstens«, sagte Scott. »Und wenn Sie keine außergewöhnlichen Manöver verlangen, wird er schon eine Weile durchhalten.«

»Sehr gut. Und jetzt noch eine Frage: Was würde geschehen, wenn der Atom-Reaktor überlastet wird und den kritischen Punkt erreicht?«

»Das wissen Sie doch genauso gut wie ich, Captain; es käme zu einer Atomexplosion.«

»Ich weiß, Scotty. Aber wenn *dieser* Reaktor explodieren würde, wie stark wäre die Explosion?«

»Das atomare Potential ist bei jedem Schiff auf der Frontplatte des Reaktors eingraviert. Einen Augenblick.« Er sah nach. »Die Ziffer besagt 97,8 Megatonnen.«

»Würde das ausreichen, um einen Neutronium-Rumpf zu zerstören?«

»Neutronium, Sir? Meinen Sie den Planeten-Killer? Wie kommen Sie darauf, daß sein Rumpf aus Neutronium besteht?«

»Weil die Phaser-Geschütze der *Enterprise* ihn sonst auf die kurze

Entfernung zu Schrott zersägt hätten.«

»Hmmm – ja. Das ist richtig. – Neutronium wird aus der Materie weißer Zwergsterne gewonnen, in denen ununterbrochen Kernreaktionen stattfinden. Nach meiner Meinung würde eine Atomexplosion dieser Größe den Schiffskörper also nur beiseite schleudern, ihn aber nicht zerstören. Außerdem würde der Feuerball einer Atomexplosion hier im Vakuum einen Durchmesser von zweihundertfünfzig Kilometern haben. Das bedeutet, daß er auch die *Enterprise* einschließen würde. Und *unsere* Schiffe haben keinen Neutronium-Rumpf.«

»Das stimmt. Aber ich habe etwas ganz anderes vor. Sagen Sie, Scotty, können Sie mir hier auf der Brücke einen Hebel einbauen, mit dem ich die Atomexplosion auslösen kann, mit – sagen wir – dreißig Sekunden Verzögerung?«

»Ohne weiteres, Captain«, sagte Scott. »Aber wozu...«

»Das lassen Sie nur meine Sorge sein. Und beeilen Sie sich. Sowie Sie fertig sind, melden Sie sich zusammen mit Ihrer Bergungsmannschaft hier auf der Brücke.« Er schaltete den Kommunikator ein. »Kirk an *Enterprise*.«

»Hier Spock.«

»Mr. Spock, ich habe hier keine Sensoren, die brauchbar sind. Ich kann deshalb nicht feststellen, wann ich in Reichweite Ihres Transporterstrahls bin. Sagen Sie mir sofort Bescheid, wenn es soweit ist.«

»Ja, Sir. Darf ich fragen, was Sie vorhaben?«

»Scotty legt mir eine Detonationsschaltung für den Impuls-Reaktor auf die Brücke. Mit dreißig Sekunden Verzögerung. Ich werde die *Constellation* direkt in den Schlund des Planeten-Killers hineinsteuern. Sie haben dann genau dreißig Sekunden Zeit, uns mit dem Transporter-Strahl an Bord der *Enterprise* zu holen.«

Spock antwortete nicht sofort. Und als er sprach, klang seine Stimme ehrlich besorgt. »Jim, dreißig Sekunden sind zu knapp. Ich weiß nicht, ob unser Transporter hundertprozentig funktioniert. Wir haben ihn nur notdürftig reparieren können.«

»Das ist ein Risiko, das ich auf mich nehmen muß. Allerdings erfordert dieser Umstand eine kleine Änderung des Plans. Ich möchte, daß

Sie Mr. Scott und seine Bergungsmannschaft sofort an Bord beamen, sobald wir nahe genug bei der *Enterprise* sind. Ich werde allein an Bord bleiben, um die Explosion auszulösen.«

»Verstanden, Sir. Darf ich Sie noch auf zwei weitere mögliche Fehlschlüsse aufmerksam machen?«

Während Spock sprach, betrat Scott die Brücke. Er setzte einen kleinen, schwarzen Schaltkasten auf den Brückentisch und befestigte ihn dort.

»Bitte, Mr. Spock«, sagte Kirk. »Ihre Logik ist das Beste an Ihnen. Wo liegen die möglichen Fehler?«

»Erstens kennen wir die inneren Mechanismen des Planeten-Killers nicht. Falls auch sie aus Neutronium bestehen, geschieht weiter nichts, als daß sie ziemlich heiß werden.«

»Ziemlich heiß ist sehr milde ausgedrückt«, sagte Kirk trocken. »Und jetzt möchte ich es auch einmal mit der Logik versuchen. Möglichkeit A: Im Inneren des Planeten-Killers besteht ein Vakuum; das heißt, die meisten seiner Schaltungen sind cryogenisch. Eine Erhitzung auf mehrere Millionen Grad könnte vielleicht ausreichen, um sie zu zerstören. Möglichkeit B: Reines Neutronium ist ein Nichtleiter, weil die Elektronenhülle zusammengefallen ist, kann also keine elektrischen Schaltungen enthalten. Folgerung: Viele wichtige Bestandteile des Planeten-Killers müssen aus einem anderen Material bestehen, das von einer Atomexplosion im Inneren des Roboters zerstört wird. Was halten Sie davon?«

»Logisch und richtig«, antwortete Spock. »Mein zweiter Einwand ist aber weitaus ernster. Der Rumpf des Planeten-Killers besitzt nur eine einzige Öffnung, den nach vorne gerichteten Rachen, und der weist direkt auf die *Enterprise.* Der Neutroniumrumpf wird dem Explosionsdruck standhalten, ihn bündeln und in Form einer Feuerzunge von mehreren hundert Meilen Länge direkt auf uns zulenken. Eine höchst unerwünschte Nebenwirkung, würde ich sagen.«

Kirk mußte ein Lachen unterdrücken, obwohl die Vorstellung alles andere als lächerlich war. »Mr. Spock, falls das wirklich eintreten sollte, werden wir eben alle sterben. Aber der Planeten-Killer ist dann zerstört. Es ist unsere Aufgabe, Leben, Eigentum und Interessen aller Mitglieder der Föderation zu schützen.«

»Sie haben recht, Captain«, sagte Spock. »Ich ziehe meinen Einspruch zurück.«

Als Kirk den Kommunikator ausschaltete, sah er, daß Scott ihn verwundert anstarrte. »Sie haben wirklich einen sonnigen Humor, Captain«, sagte er. »Da haben Sie Ihren Detonator. Wenn Sie den Hebel nach oben legen, ist er feuerbereit, wenn Sie ihn nach unten drücken, haben Sie noch dreißig Sekunden bis zum großen Knall!«

»Danke.«

»Captain«, meldete sich wieder Spocks Stimme. »Die *Constellation* ist jetzt in Reichweite des Transporter-Strahls. Wenn wir Ihre Männer herüberbeamen, sollten Sie aber lieber vorher die Brücke verlassen. Unsere Kontrolle arbeitet nicht so genau, daß wir vier von fünf Männern auswählen und die richtigen herüberholen können.«

»Verstanden, Mr. Spock. Ich werde die Brücke verlassen. Fertig zum Beamen in sechzig Sekunden.«

Er stand auf. Als er zur Tür ging, sagte Scotty: »Seien Sie vorsichtig, Captain.«

»Sie können mir glauben, Scotty, ich will nicht unbedingt sterben.«

Als er wieder auf die Brücke zurückkam, war sie leer. Aber Scottys Stimme war noch zu hören. Sie kam aus dem Kommunikator und äußerte sich in sehr ungehörigen Flüchen.

»Scotty! Was ist denn los? Alles in Ordnung?«

»Ja, alles in Ordnung. Wir sind alle an Bord der *Enterprise*. Aber der verdammte Transporter ist unter der Belastung zusammengebrochen, Himmel, Arsch und Zwirn.«

Die saftigen Flüche zeigten Kirk, daß die Situation wirklich ernst sein mußte. Kirk verzichtete darauf zu sagen: »Versuchen Sie alles, den Schaden so schnell wie möglich zu beheben.« Er wußte, daß das unnötig war; sie würden ihr Möglichstes tun.

Die nächsten Stunden verbrachte er unter fast unerträglicher Belastung in Einsamkeit und Anspannung. Immer größer wurde das Bild des gigantischen Planeten-Killers, vor dessen Rachen mottengleich die gefangengehaltene *Enterprise* schwebte.

Doch bisher hatte der Roboter seinen Anti-Protonen-Strahl nicht noch einmal abgefeuert, der die *Enterprise* sicher wie ein Rasiermesser durchschnitten hätte. Das Schiff mußte die ganze Kraft seiner Antriebsmotoren darauf verwenden, gegen den Zug des Traktor-Strahls anzukämpfen. Das war darauf zurückzuführen, vermutete Kirk, daß die Computer-Intelligenz des Roboters wußte, daß er diesen Kampf nicht verlieren konnte, und deshalb keinen Grund für weitere Kampfmaßnahmen sah.

»Mr. Spock?«

»Ja, Captain?«

»Feuern Sie nicht noch einmal auf das Ding. Tun Sie nichts – *absolut nichts* –, das die derzeitige Situation verändern könnte. Nicht einmal niesen dürfen Sie.«

»Ich verstehe, Captain. Wenn wir die Parameter nicht verändern, wird es nichts unternehmen.«

»Das hoffe ich jedenfalls. Wie weit sind Sie mit dem Transporter?«

»Wird noch repariert. Scott meldete, daß die Hälfte der Widerstände durchgebrannt ist. Es dauert eben seine Zeit, bis die alle ausgewechselt sind.«

»Wie lange ungefähr?«

»Wir können ihn einigermaßen funktionsfähig haben, wenn die *Constellation* sich dem Robot auf hundert Meilen genähert hat, Sir. Nach Feststellung unseres Computers sind aber hundert Meilen die Grenze der inneren Verteidigungslinie des Roboters. Innerhalb dieser Begrenzung wird alles angegriffen, was sich aus eigener Kraft bewegt.«

»Schön. Aber ich kann den Antrieb nicht einfach abschalten. Wir können nur hoffen, daß er hungrig ist.«

Auf dem Bildschirm wuchs der trichterförmige Rachen des Planeten-Killers ins Gigantische – und immer rascher und rascher. Kirk warf einen Blick auf seine Uhr, legte die Hand auf den Auslöseschalter.

»Mr. Spock. Es bleibt nicht mehr viel Zeit. Was macht der Transporter?«

»Vielleicht funktioniert er. Mehr kann ich im Moment nicht sagen.«

Der Trichterschlund bedeckte jetzt den ganzen Bildschirm. Nichts war zu sehen, als der riesige Metallrachen. Und noch immer feuerte der Robot nicht.

»Also gut, Mr. Spock. Holen Sie mich an Bord!«

Er drückte den Hebel nach unten. Eine Sekunde später verschwamm die Maschinen-Brücke der *Constellation* um ihn, und er fand sich im Transporterraum der *Enterprise* wieder. Er lief zum nächsten Monitor. Über das Intercom-System hörte er Spocks Stimme: »Noch dreiundzwanzig Sekunden bis zur Detonation. Computermarkierung in zehn Sekunden, dann 1/50 Sekunde Sol-Antrieb, 0,5 Sekunden vor Explosion.«

Der Befehl wunderte Kirk eine Sekunde lang. Dann erkannte er, daß sie auch hier den offenen Rachen der Maschine des Jüngsten Gerichts vor Augen hatten und daß Spock nur hoffen konnte, einen kurzen Sprung in den Hyperraum machen zu können, und zwar in der Sekunde, in der der Traktorstrahl-Generator des Robots von der Explosion vernichtet wurde. – Falls er vernichtet wurde.

»Fünfzehn Sekunden. – *Computermarkierung.* – Fünf Sekunden – vier – drei – zwei – eins –«

Klick!

Plötzlich sah Kirk die Maschine des Jüngsten Gerichts auf dem Bildschirm aus zweitausend Kilometern Entfernung. Der Computer veränderte die Einstellung, um das Objekt optisch wieder näher heranzuziehen.

Gleichzeitig flammte im Rachen des Planeten-Killers ein unerträglich greller Lichtblitz auf. Kirk lief zum Lift und stürzte gleich darauf in den Kontrollraum.

Schweigend starrte eine Gruppe von Menschen – darunter auch Commodore Decker – auf den Hauptbildschirm. Die Flammenzunge wuchs immer noch. Sie stach jetzt mindestens vierhundert Kilometer weit in den Raum. Sie hätte die *Enterprise* versengt wie eine Motte, wenn sie an der alten Stelle geblieben wäre.

Dann, allmählich, verblaßte sie.

»Hat es geklappt?« fragte Kirk.

»Kann ich noch nicht sagen«, antwortete Spock trocken. »Die Strahlung der Explosion ist zu stark. Aber allein die Tatsache, daß es uns gelungen ist, uns aus dem Traktorstrahl zu lösen, läßt darauf schließen, daß wir zumindest etwas beschädigt haben. – So, jetzt läßt die Strahlung nach. Jetzt können wir sehen...«

Kirk hielt den Atem an.

»Alle Energiequellen deaktiviert«, meldete Spock. »Captain, das Ding ist tot.«

Ein lauter Jubel brach aus. Decker trat zu Kirk.

»Die *Constellation* war mein letztes Kommando«, sagte er leise. »Aber Sie hatten recht, Captain. Ich muß mich entschuldigen, hier die Kommandogewalt an mich gerissen zu haben.«

»Sie wollten das Leben zahlloser Menschen auf den Planeten der Föderation retten«, sagte Kirk, »genau wie ich. Wenn Sie keine Beschwerde einreichen, weil ich gegen die Dienstvorschrift verstoßen habe, wollen wir die Sache auf sich beruhen lassen.«

»Natürlich werde ich nichts unternehmen. Ich komme nur noch nicht darüber hinweg, daß ich mein schönes Schiff verloren habe, daß mein Angriff auf das Ding vierhundert Menschenleben gekostet hat. Und daß meine Fehlbeurteilung der Lage beinahe auch das Leben *Ihrer* Besatzung gekostet hätte. Wenn ein Mann keinen Rat mehr annehmen kann, darf er nicht mehr Kommandant sein.«

»Das können nur Sie selbst entscheiden, Commodore. – Mr. Sulu!«

»Sir?«

»Die Leute sollen sich langsam wieder beruhigen. Nehmen Sie Kurs auf Flottenbasis 17.«

»Ja, Sir.« Sulu konnte sein Lächeln nicht unterdrücken. Spock dagegen, der niemals lächelte, wirkte jetzt noch ernster als sonst.

»Mr. Spock, ich habe den Eindruck, als ob Ihnen irgend etwas nicht paßt.«

»Mir ist noch etwas unklar, Sir.«

»Und was?«

»Nur eine Spekulation, Captain: Wenn zwei Mächte Waffensysteme von derartiger Zerstörungskraft entwickeln, so deutet es mit Sicherheit darauf hin, daß sie sich technologisch im Gleichgewicht befinden. Sonst würden sie ein solches Risiko der Selbstzerstörung niemals eingehen.«

»Und?«

»Und das läßt darauf schließen, daß es irgendwo noch eine zweite Maschine des Jüngsten Gerichts geben muß.«

»Durchaus möglich«, sagte Kirk nachdenklich. »Aber vielleicht ist die zweite gar nicht mehr rechtzeitig aktiviert worden. Eine Frage, Mr. Spock: Was würden Sie tun, wenn wir von der Existenz einer zweiten Maschine erfahren würden?«

Spock hob die Brauen. »Ganz einfach, Sir. Ich würde sie mit einer als Raumschiff getarnten Atombombe füttern; oder besser, mit einem Asteroiden. Aber das ist nicht der Kernpunkt meines Problems. Die Gefahr kann jetzt als minimal betrachtet werden, selbst wenn es eine zweite Maschine dieser Art geben sollte.«

»Was ist es dann?«

»Die Sinnlosigkeit«, sagte Spock. »Es ist doch Zeitverschwendung, sich mit dem gleichen Problem noch ein zweites Mal befassen zu müssen.«

Kirk dachte an die Stunden an Bord der zerschossenen *Constellation* zurück – und an die vierhundert Männer auf dem zu Staub zerblasenen Planeten.

»Ich befasse mich lieber mit einfacheren Problemen«, sagte er. »Sie kosten weniger Menschenleben.«

Auftrag: Erde

Kirk beobachtete den Mißbrauch der *Enterprise* als eine Zeitmaschine – obgleich er nur vorübergehend und teilweise war – mit großem Widerwillen. Natürlich sah er ein, daß ein Auftrag dieser Art hin und wieder unvermeidlich war, seit die Schreibtischtypen im Hauptquartier seine Berichte von den Zeitreisen gelesen hatten, die er, Spock und McCoy in der Stadt am Rand der Ewigkeit erlebt hatten, und der Zeitkrümmung, in die das Schiff hineingelaufen war, als es mit dem schwarzen Stern kollidierte.

Aber diese beiden Erlebnisse hatten ihm die besonderen Gefahren von Zeitreisen nur deutlich und plastisch vor Augen geführt: die Gefahr, daß der geringste Fehler die gesamte Zukunft – die für Kirk die Gegenwart war – verändern und somit Kirk, die *Enterprise* und die gesamte Föderation vernichten konnte. So stellte das Umkreisen der Erde des Jahres 1969 ein äußerst riskantes Experiment dar.

Und das war auch der Grund ihres Hierseins, denn das Jahr 1969 war ein äußerst kritisches Jahr gewesen, und niemand von Kirks Zeitgenossen verstand eigentlich, wie die Erde dieses Jahr überleben konnte. In dem furchtbaren Durcheinander, mit dem das Jahr zu Ende gegangen war, waren wertvolle Dokumente verlorengegangen und andere – wie man vermutete – gefälscht worden. Es war nicht nur das Anliegen der Historiker, sondern der Föderation selbst, die Wahrheit kennenzulernen. Sie konnte sowohl in militärischer als auch in politischer Hinsicht von höchstem Interesse sein, und in einer Galaxis, in der es neben der Föderation auch das Imperium der Klingonen gab, sogar mehr als das.

Das war die Erklärung für ein so riskantes und kostspieliges Unternehmen, ein Sternenschiff in die Vergangenheit zurückzuschicken, um die Nachrichtenverbindungen der Erde abzuhören. Aber trotzdem…

Kirks Überlegungen wurden von einem schwachen, aber doch deutlichen Ruck unterbrochen, der das Deck unter seinen Füßen erzittern ließ. Was, zum Teufel…

»Gefechtsbereitschaft«, rief er. »Volle Kraft auf Abschirmungen. Sensoren aktivieren. Alle Meldungen an Brücke.«

Sofort flammte ein rotes Licht auf, und Kirk drückte auf den dazugehörigen Knopf.

»Transporterraum, Sir«, meldete sich Spock. »Wir haben hier einen Schaden. Mr. Scott hat mich gerade hergebeten, um ihm zu helfen.«

»Sie hätten den Transporter gar nicht benutzen dürfen!«

»Das hat auch niemand getan. Er hat sich ganz von selbst eingeschaltet, und wir können ihn nicht mehr abschalten. Anscheinend haben wir zufällig einen anderen Transporterstrahl berührt – einen, der weitaus stärker ist als der unsere.«

»Mr. Spock, Sie wissen genauso gut wie ich, daß es im zwanzigsten Jahrhundert so ein Gerät noch nicht gegeben hat, und deshalb…« Wieder wurde er von dem leichten Beben des Decks unterbrochen.

»Trotzdem«, sagte Spock erregt, »irgend jemand – oder irgend etwas – wird an Bord unseres Schiffes gebeamt.«

»Ich komme sofort.«

Im Transporterraum fand Kirk die Situation so, wie Spock sie geschildert hatte. Alle Schaltkreise waren eingeschaltet, und es war unmöglich, sie abzuschalten. Es war bereits der bekannte, pulsierende Effekt einer Transportation zu bemerken.

»Bei allen Mächten«, sagte Spock, »dieser Strahl kommt aus einer Entfernung von mindestens tausend Lichtjahren!«

»Und das ist viel weiter«, setzte Scott hinzu, »als die Transporterstrahlen *unseres* Jahrhunderts reichen.«

Das Raumschiff erzitterte wieder unter einem leichten Stoß, der diesmal etwas stärker war als die vorangegangenen. »Nicht mehr abwehren«, sagte Kirk ruhig. »Lassen Sie den Strahl durch. Sonst werden wir vielleicht ernsthaft beschädigt.«

»Aye, aye, Sir«, sagte Scott und legte ein paar Hebel um.

Das Pulsieren wurde stärker und heller. Eine nebelhafte Gestalt begann sich abzuzeichnen, wurde deutlicher und solider. Kirk starrte sie verblüfft an.

Die Gestalt, die aus der fernsten Tiefe des Weltraums auftauchte, war die eines Mannes in einem Straßenanzug des zwanzigsten Jahrhunderts. Aber das war noch nicht alles: In seinen Armen hielt er eine schwarze Katze, die ein Halsband aus glitzernden, weißen Steinen trug.

»Wache!« rief Kirk.

Der Fremde schien genauso überrascht wie Kirk. Er blickte sich verwirrt und verärgert um und streichelte die große Katze auf seinem Arm beruhigend. Dieses exotische Detail lenkte jedoch nicht von seiner starken Persönlichkeit ab; er war hochgewachsen, kräftig, vital.

»Warum haben Sie mich abgefangen?« fragte er sofort. »Bitte identifizieren Sie sich.«

»Sie sind an Bord des Raumschiffs *Enterprise*. Ich bin Captain James Kirk, der Kommandant.«

Die schwarze Katze gab einen seltsamen Laut von sich, der wie eins der vielen, eigenartigen Geräusche klang, zu denen eine Siamkatze fähig ist, und doch klang es alles andere als katzenhaft.

»Ich habe verstanden, Isis«, sagte der Fremde. »Also ein Raumschiff. Aber von welchem Planeten?«

»Von der Erde.«

»Unmöglich! Die Erde besitzt zur Zeit noch keine...« Er brach ab, als er Spock bemerkte. »Ein Vulkanier bei Erdmenschen! Ich verstehe. Sie kommen aus der Zukunft!«

Er ließ die Katze fallen und griff nach den Armaturen des Transporters. »Sie müssen mich sofort auf die Erde beamen. Wir haben keine Minute zu...«

Die Tür des Transporterraums wurde aufgestoßen. Der Wachhabende und mehrere seiner Männer drängten herein, die Phaser in den Händen. Beim Anblick der Waffen blieb der Fremde reglos stehen. Die Katze duckte sich zusammen, als ob sie jemanden anspringen wollte; aber der Mann sagte: »Vorsicht, Isis. – Bitte, hören Sie mir zu.

Mein Name ist Felix Sevenrock. Ich bin ein Mensch des zwanzigsten Jahrhunderts. Ich habe auf einem anderen Planeten gelebt, der der Erde in seiner Entwicklung um Jahrhunderte voraus ist. Ich wurde mit einem Transporterstrahl zur Erde zurückgeschickt, dabei haben Sie mich abgefangen.«

»Wo liegt dieser Planet?« fragte Kirk.

»Das wollen seine Bewohner nicht verraten. Seine Position wird selbst zu Ihren Lebzeiten noch ein Geheimnis sein.«

»Es ist unmöglich, die Existenz eines ganzen Planeten geheimzuhalten«, sagte Scott.

»Für Sie vielleicht; für seine Bewohner nicht. Captain Kirk, ich bin ein Mensch dieses Jahrhunderts, Sie nicht. Wenn Sie mich an der Erfüllung meines Auftrags hindern, werden Sie den Lauf der Geschichte verändern. Ich bin sicher, daß Ihnen die Konsequenzen einer solchen Handlungsweise klargemacht worden sind.«

»Allerdings«, sagte Kirk. »Andererseits aber weiß ich nichts von Ihnen und Ihrem angeblichen Auftrag. Ich weiß nicht einmal, ob Sie die Wahrheit sagen.«

»Wir haben keine Zeit für lange Diskussionen. Jede Verzögerung bringt unabschätzbare Gefahren mit sich. Dies ist die kritischste Periode der gesamten Erdgeschichte. Mein Planet ist an der Erhaltung der Erde interessiert – der Grund dafür dürfte für Sie kaum von Interesse sein.«

Kirk schüttelte den Kopf. »Die Tatsache, daß Sie die Gefahr für die Erde kennen, weist unmißverständlich darauf hin, daß auch Sie aus der Zukunft kommen. Und damit stellen Sie einen erheblichen Risikofaktor dar. Ich muß Sie leider hier festhalten, bis ich mehr Informationen über Sie habe.«

»Das werden Sie noch sehr bedauern«, sagte der Fremde.

»Möglich. Trotzdem muß ich es tun.« Er gab dem Wachhabenden einen Wink. Einer der Posten bückte sich, um die Katze aufzuheben; aber Felix Sevenrock trat ihm in den Weg.

»Wenn Sie Isis anfassen, wird Ihnen *das* noch mehr leid tun.« Er nahm die Katze selbst auf und verließ in Begleitung der Wachen den

Transporterraum.

»Ich möchte, daß der Mann unter ständige Bewachung gestellt wird«, sagte Kirk. »Er hat sich unseren Anordnungen etwas zu willig gefügt. Außerdem, Mr. Spock, bitten Sie Dr. McCoy um eine sofortige Untersuchung des Gefangenen. Ich muß vor allem wissen, ob er überhaupt ein Mensch ist. Und er soll sich auch die Katze ansehen. Vielleicht erfahren wir durch sie etwas mehr über diesen ominösen Mister Sevenrock.«

»Die Katze scheint ein außergewöhnlich intelligentes Tier zu sein«, bemerkte Spock. »Und ein außergewöhnlich schönes Tier dazu. Trotzdem ist sie ein merkwürdiger Gefährte für eine Reise von tausend Lichtjahren auf einer angeblich äußerst wichtigen Mission.«

»Genau! Scotty, könnte der Transporterstrahl ihn nicht nur durch den Raum, sondern auch durch die Zeit gebeamt haben?«

»Theoretisch soll das durchaus im Bereich des Möglichen liegen, meinen einige Wissenschaftler«, antwortete Scott. »Aber *uns* ist es bisher noch nie gelungen. Andererseits haben wir auch noch nie so große Energie in einen Transporterstrahl legen können, daß eine Masse wie dieses Sternenschiff spürbar erschüttert wird.«

»Mit anderen Worten, Sie wissen es nicht.«

»Genau, Sir.«

»Gut. Sehen Sie zu, daß Sie den Transporter wieder in Ordnung bringen. Mr. Spock, kommen Sie mit mir auf die Brücke. Wir brauchen jetzt eine Menge von Computer-Analysen.«

Der Computer sagte: »Die Daten der gegenwärtigen Krise des Planeten Erde füllen eine ganze Daten-Bank. Das Wesen Felix Sevenrock könnte sich für oder gegen die Erde einsetzen, und zwar in übervölkerten Gebieten, bei Buschkriegen, Revolutionen, gefährlichen bakteriologischen Experimenten, verschiedenen Haß-Kampagnen, Umweltverseuchung sowie...«

»Stopp«, sagte Kirk. »Was ist am heutigen Tag los?«

»Entschuldigen Sie, Captain«, sagte Spock. »Aber diese Frage ist zu allgemein gehalten. Im Jahr 1969 gab es fast jeden Tag ein halbes Hundert äußerst kritischer Ereignisse. Computer, fragen Sie die Daten-

Bank ab! Wir brauchen die drei gravierendsten Ereignisse des heutigen Tages aus der Gefahrenliste.«

»Heute findet ein Attentat von großer politischer Tragweite statt«, antwortete der Computer ohne Zögern mit seiner angenehm modulierten Frauenstimme, »sowie ein gefährlicher Staatsstreich im Vorderen Orient. Außerdem schießt die Regierung der Vereinigten Staaten heute unter strengster Geheimhaltung einen Trägersatelliten für Atombomben auf eine Umlaufbahn um die Erde, um einer ähnlichen Maßnahme durch einen anderen Machtblock zuvorzukommen.«

Kirk pfiff leise durch die Zähne. »Nuklearbomben auf Umlaufbahnen um die Erde waren eine der größten Gefahren jener Epoche, erinnere ich mich.«

»Richtig«, sagte Spock. »Als diese Waffenträger über der Erde schwebten, hätte die geringste Fehlkalkulation genügt, eine davon auf die Erde stürzen zu lassen und eine Katastrophe auszulösen.«

»Krankenrevier an Brücke«, unterbrach das Intercom.

»Kirk hier. Was gibt es, Pille?«

»Jim, der Gefangene befindet sich nicht im Krankenrevier. Ich habe hier nur den Wachhabenden und eine Wache gefunden. Beide wirken, als ob sie hypnotisiert worden wären.«

»Zum Transporterraum!« brüllte Kirk. »Schnell!«

Aber sie kamen zu spät. Sie fanden dort nur einen völlig benommenen Chefingenieur.

Kurz darauf stürzte McCoy herein.

»Ich arbeitete gerade an einem der Schaltelemente«, berichtete Scott immer noch etwas benommen. »Plötzlich hörte ich jemanden hereinkommen. Ich wandte mich um und sah den Fremden, mit der Katze auf dem Arm. Er richtete etwas, das wie ein Schreibgriffel aussah, auf mich und…«

»Wahrscheinlich ein Miniatur-Hypnotisator«, sagte McCoy.

»Und plötzlich mußte ich alles tun, was er von mir verlangte. Ich habe ihn sogar selbst auf die Erde hinuntergebeamt. Ich wußte – irgendwo tief im Unterbewußtsein –, daß ich es nicht tun durfte und ihn eigentlich festhalten sollte; aber mir blieb gar keine andere Wahl.«

Sie schwiegen eine Weile.

»Ganz gleich, woher er kommt und was er ist«, sagte Spock endlich, »er ist gegangen, um das zu tun, was er tun wollte – und wir wissen noch immer nicht, was es ist.«

»Aber wir werden es herauskriegen«, sagte Kirk. »Scotty, wohin haben Sie ihn gebeamt?«

»Das kann ich nicht sagen, Captain. Er hat die Koordinaten selbst eingestellt und den Recorder ausgeschaltet. Ich kann Ihnen höchstens einen Anhaltspunkt geben, etwa auf ein Gebiet von tausend Quadratkilometern.«

»Wenn Spock und ich uns auf die Erde beamen lassen, könnten Sie uns an Hand des Energieverbrauchs in Sichtweite des Mannes triangulieren?«

»Ja, das ist möglich«, sagte Scott.

»Unser Eingreifen stellt aber eine große Gefahr für den Verlauf der Geschichte dar, Captain«, warnte Spock.

»Deshalb möchte ich auch, daß wir beide uns der Sache annehmen. Wir haben Erfahrung mit Situationen dieser Art. Und außerdem finden wir keine Lösung des Problems, wenn wir nur hier herumsitzen. Besorgen Sie uns Kleidung dieser Epoche aus der Kleiderkammer. Scotty, bereiten Sie den Transporter vor!«

Die Stelle, an der sie materialisierten, war eine Straße im Osten New Yorks, unweit der Eingangstür eines eleganten Wohnhauses. Es war ein kalter Wintertag; aber es lag kein Schnee.

»Scotty«, sagte Kirk in den Kommunikator. »Überprüfen.«

»Koordinaten stimmen«, sagte Scottys Stimme, »aber die Höhe nicht. Sie müßten etwa dreißig Meter höher sein.«

Unwillkürlich blickte Kirk an der Fassade des Hauses hinauf. In diesem Bienenstock von Räumen konnten sie dicht an dem Mann – oder was immer er war – vorbeigehen, ohne zu ahnen, hinter welcher Tür er sich befand.

Trotzdem betraten sie die Halle, fanden den Lift und fuhren nach oben. In der Höhe von dreißig Metern stiegen sie aus und betraten den Korridor. Ein langer, enger Schlauch mit unzähligen Türen.

»Höhe korrekt«, meldete Scotts Stimme. »Gehen Sie jetzt einundvierzig Meter in 247 Grad.«

Sie folgten der Anweisung und standen vor einer Tür, die sich in keiner Weise von allen anderen unterschied.

Kirk und Spock blickten einander an. Dann zuckte Kirk die Achseln und drückte auf den Klingelknopf.

Die Tür wurde von einem hübschen blonden Mädchen von etwa zwanzig Jahren geöffnet. Kirk und Spock drängten sich rasch an ihr vorbei.

»He, was soll denn das?« protestierte das Mädchen. »Was fällt Ihnen ein, einfach hier hereinzukommen, und...«

»Wo ist Mr. Sevenrock?« fragte Kirk.

»Ich weiß nicht, wovon Sie reden!«

Kirk sah sich um. Sie befanden sich in einem ganz normalen eleganten Wohnzimmer des zwanzigsten Jahrhunderts, soweit er das beurteilen konnte. Im Hintergrund befand sich eine geschlossene Tür. Spock zog seinen Tricorder heraus, schwenkte ihn rasch herum und deutete dann auf die geschlossene Tür.

»Da drin, Captain.«

Sie stürzten zur Tür; aber sie war verschlossen. Als sie sie aufzudrücken versuchten, hörte Kirk hinter sich ein unbekanntes, schnarrendes Geräusch, und dann sagte das Mädchen rasch mit erregter Stimme: »Hier ist Straße Ost 68. Appartement 1212. Senden Sie sofort die Polizei und...«

Kirk fuhr herum und riß dem Mädchen den Telefonhörer aus der Hand. »Lassen Sie den Unsinn, Miß. Spock, brennen Sie die Tür auf.«

Das Mädchen schrie erschrocken auf, als Spock seinen Phaser zog und in einem Sekundenbruchteil das ganze Schloß herausbrannte. Sie stürzten in das dahinterliegende Zimmer und zogen das Mädchen mit sich.

Es war ebenfalls geräumig und elegant eingerichtet. Eine Wand war völlig von einem Bücherregal bedeckt. Unter dem breiten Fenster stand ein großer, geschnitzter Schreibtisch.

Aber es war niemand da. Kirk stellte fest, daß das Mädchen genauso überrascht war wie er.

Spock trat an den Schreibtisch, auf dessen Platte mehrere Papiere verstreut waren.

»Ich warne Sie«, sagte das Mädchen. »Ich habe bereits die Polizei verständigt.«

»Wo ist Mr. Sevenrock?« fragte Kirk noch einmal. »Spock, ist dieses Mädchen aus dem zwanzigsten Jahrhundert, oder gehört sie zu Sevenrock?«

»Das könnte nur Dr. McCoy feststellen, Captain. Aber diese Papiere scheinen recht interessant zu sein. Es sind Pläne der amerikanischen McKinley-Raketenabschußbasis.«

»Aha. Also ist der Atombombenträger in Erdumlaufbahn wirklich das kritische Ereignis, um das es hier geht. Wie lange werden wir brauchen...«

Die Klingel schrillte. Das Mädchen stürzte zur Tür. Beide Männer liefen ihr nach. Kirk erwischte sie als erster. Als er sie beim Arm packte, biß sie ihn in die Hand und schrie gellend.

»Aufmachen!« sagte eine Stimme im Korridor. »Polizei!« Dann dröhnte die Tür unter einem heftigen Schlag.

Spock hielt das Mädchen fest. Kirk riß seinen Kommunikator heraus. »Kirk an Enterprise. Beamen Sie uns an Bord zurück, Scotty! Sofort!«

Wieder ein harter Schlag gegen die Tür. Sie barst auf und zwei stämmige Polizisten drangen mit gezogenen Revolvern in die Wohnung ein. Spock stieß das Mädchen durch die offene Zimmertür in die Bibliothek.

Im gleichen Augenblick schien sich die Wohnung aufzulösen, und die vier Männer – Kirk, Spock und die beiden Polizisten – fanden sich im Transporterraum der *Enterprise* wieder. Die beiden Polizisten blickten sich verstört um. Kirk und Spock stürzten sofort hinaus.

»Scotty! Sofort zurückschalten!«

Die beiden Polizisten verschwammen und waren wieder verschwunden.

»Gute Arbeit, Scotty.«

»Das arme Mädchen«, sagte Spock, »wird den beiden jetzt eine Menge erklären müssen.«

»Ich weiß. Aber wir müssen uns jetzt erst um Wichtigeres kümmern. Lassen Sie mich mal die Pläne sehen. – Verdammt! Der Abschuß der Rakete erfolgt in genau vierzig Minuten! Scotty, sehen Sie sich das mal an. Das ist eine schematische Darstellung der Abschußbasis. Können wir sie auf den Bildschirm bekommen?«

»Kein Problem, Sir. Unter uns befindet sich gerade einer von diesen altmodischen Wettersatelliten auf einer Umlaufbahn. Wenn ich ihn dazuschalte, müßten wir eigentlich gute Naheinstellungen bekommen.« Er legte ein paar Schalter unterhalb des Bildschirms um. Sekunden später erschien das Bild der Raketenbasis. Eine riesige, primitive Mehrstufenrakete stand auf der Abschußrampe.

»Wenn wir Mr. Sevenrock irgendwo entdecken«, sagte Scott, »könnte ich ihn mit dem Transporter an Bord holen.«

»Ich glaube nicht, daß er sich sehen läßt«, sagte Spock. »Ich vermute, er wird sich irgendwo in einem der Kontrollzentren aufhalten. Wahrscheinlich hat er eine Art Transporter in seiner Bibliothek versteckt. Sonst kann ich mir sein plötzliches Verschwinden nicht erklären. Der Tricorder hat deutlich gezeigt, daß er dort war – beziehungsweise daß *irgend jemand* dort war.«

»Aber die Raketenbasis steht doch sicher unter strenger Bewachung«, sagte Kirk.

»Die *Enterprise* ebenfalls«, sagte Scott.

»Da haben Sie allerdings recht«, gab Kirk zu. »Gut, halten Sie die Basis weiter unter Beobachtung und bereiten Sie sich vor, uns dorthin zu beamen.«

»Da ist er!« rief Scott.

Und da war er wirklich. Er stand auf dem Montagegerüst der Rakete, hatte eine Abdeckung in der letzten Stufe abgeschraubt und arbeitete fieberhaft darin herum. Neben ihm saß die schwarze Katze und sah ihm interessiert zu.

»Warum nimmt er nur dieses Tier bei einer so gefährlichen Arbeit mit?« sagte Spock.

»Das ist im Augenblick unwichtig«, antwortete Kirk. »Scotty, holen Sie ihn herauf.«

Sekunden später stand er vor ihnen. Felix Sevenrock fluchte und tobte; aber angesichts der vier Phaser, die auf ihn gerichtet waren, konnte er nichts unternehmen.

»Nehmen Sie ihm den Hypnosegriffel und alles andere ab, was er bei sich hat«, sagte Kirk hart. »Und dann bringen Sie ihn in das Lagezimmer. Dieses Mal, Mr. Sevenrock, werden Sie meine Fragen beantworten.«

»Dafür ist jetzt keine Zeit, Sie Narr! In neun Minuten wird die Rakete gezündet – und ich habe meine Arbeit an ihr noch nicht beendet!«

»Führen Sie ihn ab!« sagte Kirk. »Und, Mr. Spock, bringen Sie die Katze in einen anderen Raum. Da er auf ihre Anwesenheit so großen Wert zu legen scheint, wollen wir doch einmal sehen, was er ohne sie macht.«

Kirk führte das Verhör des Gefangenen allein durch. Aber die Bordsprechanlage war eingeschaltet, und er hatte Anweisung gegeben, das Verhör jederzeit zu unterbrechen, wenn sich irgend etwas Wichtiges oder Ungewöhnliches ereignen sollte.

Diesmal machte es keine Mühe, Mr. Sevenrock zum Reden zu bringen. Die Worte sprudelten heraus wie Wasser aus einer Druckleitung.

»Ich bin das, was ich zu sein behauptet habe«, sagte er rasch, »ein Mensch des zwanzigsten Jahrhunderts. Ich gehörte zu einer Gruppe von drei Agenten unseres Planetensystems, die auf die Erde geschickt wurde. Unsere Ausrüstung bestand aus einem modernen Mini-Transporter und einem Computer. Beides war hinter den Bücherregalen meiner Bibliothek versteckt. Ich wurde von dem Planeten, der meine Heimat ist, zu letzten Instruktionen zurückgerufen. Sie haben mich bei meiner Rückkehr zur Erde abgefangen und dadurch eine kritische Verzögerung herbeigeführt. Als ich Ihnen wieder entkommen war, mußte ich feststellen, daß meine beiden Kameraden getötet worden waren – bei einem simplen Autounfall. Ich mußte also allein arbeiten, und zwar sehr schnell. Die Menschen brauchen unsere Hilfe, Captain.

Ein ähnliches Programm rivalisierender Mächte hat vor hundert Jahren den Planeten Omikron III zerstört. Es wird auch die Erde vernichten, wenn wir nichts unternehmen.«

»Ich bestreite nicht die große Gefahr, die solche Atombombenträger auf Erdumlaufbahnen darstellen«, sagte Kirk.

»Warum glauben Sie mir dann nicht? Ich könnte...«

»Die Rakete ist soeben gezündet worden«, meldete Scotty über das Intercom.

»Sehen Sie?« schrie Sevenrock verzweifelt. »Und ich hatte meine Arbeit daran noch nicht beendet. Wenn Sie mich jetzt sofort auf die Spitze der Rakete beamen, könnte ich immer noch...«

»Nicht so rasch. Was hatten Sie denn vor?«

»Ich habe die Atombombe scharf gemacht und den Flug-Computer so eingestellt, daß sie irgendwo in Ostasien niedergehen muß.«

»Was? – Das würde doch sofort einen Atomkrieg nach sich ziehen!«

»Captain«, meldete sich Scotty über das Intercom, »die Rakete scheint einen Defekt im Steuerungssystem zu haben. Überall auf der Erde werden Alarmmeldungen ausgesandt. Ich bin der Ansicht, das bedeutet Krieg.«

»Soviel zu Ihren humanitären Absichten«, sagte Kirk sarkastisch. »Mr. Scott, treffen Sie die erforderlichen Maßnahmen, die Rakete abzufangen und in den Raum abzulenken.«

»Nein! Nein! Nein!«, schrie Sevenrock erregt. »Das wäre eine schwerwiegende Einmischung! Die ganze Menschheitsgeschichte würde dadurch verändert! Captain, ich bitte Sie dringend...«

»Entschuldigen Sie, Captain«, meldete sich Spock aus dem Intercom, »würden Sie bitte in die Nebenkabine kommen?«

»Mr. Spock, die Rakete wird in fünfzehn Minuten einschlagen. Ist es wichtig?«

»Äußerst wichtig.«

Nachdem Kirk sich vergewissert hatte, daß die Wachen vor der Tür auf ihrem Posten waren, ging er in die Nebenkabine, in der sich Spock mit der Katze beschäftigte. Das Tier lag zusammengerollt in einem Sessel.

»Was ist los, Mr. Spock?«

»Ich habe herausgefunden, warum er dieses Tier ständig bei sich hat, selbst dann, wenn es offensichtlich eine Belastung darstellt. Damit ändert sich alles.«

»Auf welche Weise? Nun reden Sie schon, Mann!«

»Wir sind alle Opfer einer unglaublichen Illusion geworden – einschließlich Mr. Sevenrock. Ich weiß jetzt, daß Mr. Sevenrock zu jeder Sekunde unter strengster Überwachung gestanden hat. Ich habe etwas Ähnliches vermutet und meinen Verstand gezwungen, die Fesseln der Hypnose abzuschütteln. Ich werde jetzt auch Ihren Verstand freisetzen. Sehen Sie dort.«

Er deutete auf den Sessel. In ihm saß eine atemberaubend schöne Frau. Sie hatte langes, schwarzes Haar, trug einen hautengen, schwarzen Anzug und ein kostbares Halsband. Ihre Beine hatte sie mit katzenhafter Grazie unter den Körper gezogen.

»Das«, sagte Mr. Spock, »ist Isis. Und jetzt…«

Die Frau war plötzlich verschwunden, und an ihrer Stelle saß wieder, in einer verblüffend ähnlichen Haltung, die schwarze Katze.

»Keine der beiden Erscheinungsformen«, sagte Spock, »dürfte die wahre Gestalt von Mr. Sevenrocks Auftraggebern sein; aber das Phänomen läßt darauf schließen, daß er wirklich Auftraggeber hat. Ob ihre Absichten feindselig sind oder nicht, muß ich Ihrer Entscheidung überlassen, Captain.«

Kirk starrte mit zusammengekniffenen Augen die Illusion einer Katze an, aber sie blieb eine Katze, die sich jetzt ausgiebig mit ihrer Zunge das Fell leckte. Dann sagte er: »Mr. Scott!«

»Ja, Sir.«

»Geben Sie Mr. Sevenrock seine Ausrüstung zurück und beamen Sie ihn auf die Spitze der Rakete. – Sofort.«

Die Atombombe an der Spitze der Rakete explodierte in zweihundert Kilometer Höhe über der Erdoberfläche. Scott konnte Mr. Sevenrock gerade im letzten Augenblick noch in das Raumschiff zurückbeamen.

»Sie müssen verstehen«, sagte ihnen Felix Sevenrock später, »es *mußte* wie eine Fehlfunktion wirken, die glücklicherweise keinen Schaden anrichtete. Auf diese Weise wurde allen Regierungen der Erde eine drastische Lehre erteilt. Schon jetzt deutet alles darauf hin, daß keine Macht der Erde jemals wieder versuchen wird, ein solches Monster in eine Umlaufbahn zu schießen. Trotz Ihrer Einmischung in die Geschichte ist es mir schließlich doch gelungen, meinen Auftrag auszuführen.«

»Irrtum, Mr. Sevenrock«, sagte Spock. »Wir haben uns in keiner Weise in die Geschichte eingemischt. Die *Enterprise* war lediglich Teil von Geschehnissen, die an diesem Tage des Jahres 1969 stattfinden sollten.«

Sevenrock blickte ihn überrascht an.

Kirk setzte hinzu: »Wir wissen aus unseren geschichtlichen Daten, daß eine Atomrakete, die in eine Umlaufbahn geschossen werden sollte, durch eine Fehlfunktion der Trägerrakete *genau* zweihundert Kilometer über der Erdoberfläche explodierte. Es wird Sie freuen, zu hören, daß es nach diesem Zwischenfall, wie unsere Unterlagen beweisen, zu neuen und wirksameren internationalen Abmachungen gegen die Anwendung dieser Art von Waffensystemen kam.«

»Das freut mich wirklich«, sagte Felix Sevenrock. Er nahm die Katze auf den Arm. »Und jetzt werde ich sicher sofort zurückbeordert werden. Ich würde viel Zeit sparen, Captain, wenn ich Ihren Transporter benutzen dürfte.«

»Selbstverständlich.« Kirk erhob sich. »Mr. Scott, begleiten Sie Mr. Sevenrock in unseren Transporterraum.«

An der Tür zum Lift blieb Felix Sevenrock noch einmal stehen. »Ich hätte noch eine Frage, Captain. Ihr Hiersein, der Umstand, daß Sie mich bei der Transportation abgefangen haben, Ihre Einmischung in meine Arbeit – alles war doch rein zufällig und in keiner Weise geplant und hätte eine entscheidende Veränderung der Geschichte hervorrufen müssen. Statt dessen hat es sich in jedem Fall herausgestellt, daß ich genau die richtigen Maßnahmen traf, um meine Aufgabe erfolgreich durchzuführen, obwohl ich mehr oder weniger blind und intuitiv gehandelt habe. Hat das Gesetz der Geschichte über das einzelne Individuum solche Gewalt?«

Kirk blickte das Wesen auf Mr. Sevenrocks Arm an. Was immer es sein mochte, ganz bestimmt war es keine Katze.

»Mr. Sevenrock«, sagte er, »ich fürchte, wir können Ihnen nicht *alles* erzählen, was wir herausgefunden haben. Aber das Verdienst für die Geschehnisse des heutigen Tages kommt nur Ihnen zu. Lassen Sie es damit gut sein.«

Spieglein, Spieglein...

Die Regierung des Planeten Halkan verhielt sich durchaus höflich; ihre Haltung aber war unnachgiebig und hart. Keines der Argumente, die Kirk, McCoy, Scott und Uhura vorbrachten, konnte ihren Standpunkt ändern. Der Antrag der Föderation, die Vorkommen an Dilithium-Kristallen auf Halkan ausbeuten zu dürfen, wurde rundweg abgeschlagen. Das Zerstörungspotential der Kristalle war zu groß, und die Halkaner wollten nicht das geringste Risiko eingehen, ihre Politik des totalen Pazifismus zu gefährden. Um das durchzusetzen, würden sie lieber untergehen, wenn es notwendig sein sollte. Die Regierung glaubte gerne, daß die Föderation durchaus friedliche Absichten verfolgte. Aber wer konnte garantieren, daß sie auch so friedlich durchführbar waren? Man hatte da von einem Imperium der Klingonen gesprochen, das der Föderation feindlich gesinnt war...

Kirk wäre gerne noch geblieben, um sich noch weiter über diese Fragen zu unterhalten; aber Spock hatte ihn bereits gewarnt, daß ein ziemlich heftiger Ionensturm sich auf Halkan zubewegte, und Kirk bemerkte auch schon die ersten Anzeichen des Unwetters in der Atmosphäre. Wenn sie noch länger blieben, konnten sie Gefahr laufen, daß der Transporter durch den Sturm unbenutzbar würde und sie auf unbestimmte Zeit auf diesem fremden Planeten festsaßen. Außerdem befürchtete Spock, daß der Sturm auch für die *Enterprise* gefährlich werden könnte.

Und in Fragen dieser Art würde Kirk seinem Ersten Offizier niemals widersprochen haben. Spock irrte sich nie.

Kirk gab Befehl, sie an Bord zurückzubeamen.

Und es war wirklich allerhöchste Zeit. Beim ersten Versuch gelang es dem Transporter nicht, die vier Menschen an Bord der *Enterprise* wieder zu materialisieren. Durch eine plötzliche, unerklärliche Phasen-Umpolung setzte sie der Transporter wieder auf dem Planeten ab, und sie fanden sich plötzlich auf einem kahlen Berg-Plateau von Halkan wieder, das von ununterbrochen zuckenden Blitzen erhellt wurde. Es dauerte volle fünf Minuten, bis der Strahl sie wiedergefunden hatte. Der zweite Versuch glückte, und sie materialisierten in der vertrauten Umgebung des Transporterraumes.

Kirk trat rasch auf Spock zu. »Ich weiß nicht, ob wir diese Energie-Kristalle bekommen oder nicht, aber...«

Er brach ab und blieb wie erstarrt stehen, weil Spock und der Chef der Transporteranlage ihn feierlich begrüßten, und zwar auf eine sehr merkwürdige Art: Sie verschränkten zuerst die Arme vor der Brust, dann hoben sie sie langsam und streckten sie waagerecht seitlich aus.

Auch ihre Uniformen waren anders, bemerkte er jetzt. Zwar waren Schnitte und Farbe noch wie vorher; aber die Details waren beträchtlich verändert und wirkten wild martialisch: breite Ledergürtel mit Offiziersdolch und tiefhängendem Handphaser, breite Schulterklappen und viele Goldlitzen. Und an Stelle des Brustemblems der Föderation trugen sie ein Wappen, das eine Galaxis zeigte, die von einem Dolch durchbohrt wurde. Ein ähnliches Symbol fand sich an einer Wand des Raums, und auch der Raum selbst wirkte völlig verändert. Es waren sogar einige Gegenstände da, die ihm unbekannt waren.

Am meisten aber wunderte ihn die Veränderung, die mit Spock vor sich gegangen war. Vulkanier wirken auf die Menschen der Erde immer ein wenig satanisch, besonders auf den ersten Anblick. Aber Kirk hatte diesen Eindruck schon seit vielen Jahren überwunden. Jetzt jedoch war er wieder da: Spocks Gesicht wirkte kalt, hart, verschlossen und fast fanatisch.

Kirk griff mit den Händen nach seinem Gürtel – da er nicht wußte, wie er diesen ungewohnten Gruß erwidern sollte – und stellte fest, daß sich noch mehr verändert hatte. Ein kurzer Blick genügte, um seine Befürchtung zu bestätigen: Auch seine Uniform hatte sich verändert.

»Captain«, sagte Spock in einem ungewohnt harten, aggressiven Tonfall, »glauben Sie, daß die Halkaner Waffen besitzen, die den unseren überlegen sind? Unsere Sozioanalyse deutet darauf hin, daß sie zu jeder Art von Gewaltanwendung unfähig sind.«

Kirk konnte nicht anworten. Er brauchte es auch nicht. Weil im gleichen Augenblick Sulu den Transporterraum betrat. Seine Bewegungen, seine Haltung waren kalt, arrogant und übertrieben selbstsicher. Aber das war noch nicht das Schlimmste: Das Symbol auf seiner Brust zeigte eine geballte Faust, die das Heft des Dolches umkrallte, und von der Schneide tropfte Blut. Es war eine extreme Parodie von etwas Gewohntem; es zeigte, daß der freundliche, gutmütige Sulu, der Navigator und Rudergänger des Raumschiffs, jetzt eine Art Sicherheitschef zu sein schien.

Sulu grüßte nicht. Er bellte nur: »Ihre Befehle, Captain?«

»Wie immer«, sagte Kirk vorsichtig.

»Also nach Plan?«

Kirk wußte nicht, was diese Frage unter diesen unheimlichen Umständen bedeutete, aber er mußte vor allen Dingen Zeit gewinnen. Deshalb nickte er.

Sulu sprach in das Intercom: »Mr. Chekov. Programmieren Sie die Phaser-Geschütze auf die größeren Städte Halkans. Mit einer Ladung von einer Million Volt pro Tag. Melden Sie Feuerbereitschaft.«

»Zu Befehl, Mr. Sulu«. War es nur Einbildung, oder klang in Chekovs Stimme wirklich tiefe Befriedigung mit?

»Es ist schade«, sagte Spock, »daß diese Rasse den Selbstmord einer friedlichen Annexion vorzieht. Sie besitzt gewisse Qualitäten, die dem Imperium sehr nützlich sein könnten.«

Der Transporter knatterte und summte unter Überlastung. Spock fuhr herum und starrte den Chef des Transportersystems wütend an. Und dann ging er langsam, drohend, auf den Mann zu. Und unerklärlicherweise duckte sich der Mann vor ihm, schien förmlich in sich zusammenzukriechen.

»Wissen Sie nicht, daß wir uns in einem Ionensturm befinden, Mann! Hat man Ihnen nicht befohlen, entsprechend zu kompensieren!«

»Zu Befehl, Sir. Entschuldigen Sie. Aber diese Ionenbewegungen sind unberechenbar...«

»Nachlässigkeit bei der Behandlung imperialen Eigentums ist ein Verbrechen.« Spock streckte seine Hand aus, ohne den Blick von dem Mann zu nehmen. »Mr. Sulu, Ihren Bestrafer.«

Sulu hakte ein kleines Gerät von seinem Gürtel und legte es in Spocks ausgestreckte Hand. Mit einer raschen Bewegung riß Spock den Chef des Transportersystems zu Boden und drückte ihm das Gerät auf die Schulter.

Der Mann schrie gellend auf. Spock drückte ihm das Gerät noch fester in die Schulter. Als er endlich aufhörte, wand sich der Mann zukkend auf dem Boden.

»Das nächste Mal passen Sie besser auf«, sagte Spock. »Mr. Scott, der Sturm hat in Ihrem Bereich einige kleinere Schäden verursacht. Kümmern Sie sich darum. Dr. McCoy, es hat auch Verletzte gegeben, die versorgt werden müssen. Am besten beginnen Sie mit diesem Kadaver hier.« Er trat dem halb bewußtlosen Mann in die Seite.

McCoy, dessen jahrelange stille Fehde mit dem Ersten Offizier immer einen humorvollen Unterton gehabt hatte, starrte ihn jetzt an wie ein Mann, dessen schlimmste Alpträume Wirklichkeit geworden waren, Kirk sah, wie er die Fäuste ballte und auf Spock losgehen wollte.

»Führen Sie den Befehl aus, Dr. McCoy!« sagte er schneidend. »Und Sie ebenfalls, Mr. Scott!«

Sie blickten ihn einen Augenblick lang verblüfft an, dann senkten sie den Blick. Jetzt wußten sie, was der Captain von ihnen erwartete. Zumindest hoffte es Kirk. Jedenfalls gingen sie ohne jedes weitere Wort daran, die Befehle auszuführen.

Der Chef des Transportersystem stand mühsam auf, um ihnen zu folgen. Es schien ihn überhaupt nicht zu überraschen, daß der Bordarzt, der eben den Befehl erhalten hatte, sich um ihn zu kümmern, ihn nicht einmal angesehen hatte. Er sagte: »Mr. Spock...«

»Was ist?«

»Die Energie des Transporterstrahls ist für ein paar Sekunden hochgeschnellt – in dem Augenblick, als die vier Leute, die auf Halkan gewesen waren, materialisierten. Ich habe so etwas noch nie zuvor erlebt. Ich wollte es Ihnen nur melden.«

»Noch eine Nachlässigkeit?« sagte Spock drohend.

»Nein, Sir. Die Einstellungen waren völlig korrekt.«

»Gut. Gehen Sie ins Krankenrevier. – Captain, fühlen Sie irgendwelche Beschwerden?«

Kirk hatte die Antwort schon parat. »Ja, Mr. Spock, ich fühle mich ziemlich durcheinander. Und Leutnant Uhura wird es sicher nicht besser gehen. Vielleicht sollten wir auch ins Krankenrevier gehen und uns untersuchen lassen.«

»Sie werden natürlich sofort melden, wenn Sie nicht in der Lage sein sollten, das Schiff zu kommandieren«, sagte Sulu kategorisch.

»Selbstverständlich, Mr. Sulu.«

»Und was ist mit den Halkanern? Eine kurze Bombardierung könnte das Problem am schnellsten und am einfachsten lösen.«

»Ich werde Ihnen meine Entscheidung mitteilen, sobald ich weiß, daß ich in der Lage bin, das Kommando zu führen.«

»Sehr vernünftig«, sagte Sulu.

Als Kirk zum Krankenrevier ging, stellte er fest, daß überall auf den Korridoren bewaffnete Posten aufgestellt waren. Und sie trugen keine Uniformen, sondern eine Art Overall, wie Zivilarbeiter. Alle grüßten, als er und Uhura vorbeigingen, und sie schienen sich nicht darüber zu wundern, daß er ihren Gruß nicht erwiderte.

Uhura seufzte erleichtert, als sich die Tür des Krankenreviers hinter ihnen schloß und die vier Menschen, die auf dem Halkan-Planeten gewesen waren, sich wieder allein fanden.

»Was ist denn passiert?« fragte sie erregt.

»Nicht reden«, sagte Kirk sofort und deutete auf McCoys Intercom. »Irgend etwas sagt mir, daß das Ding eingeschaltet ist.«

Die anderen nickten. Es war ein glücklicher Umstand, daß sie einander so lange und so gut kannten, daß sie sich mit knappen Bewegungen und Gesten verständigen konnten.

»Wir müssen uns wirklich untersuchen lassen, Doc« sagte Kirk. »Ich fürchte, wir werden fremden Gehirnströmen...«

»Nein. Ich habe Scotty und mich selbst bereits daraufhin untersucht. Keine Halluzinationen oder hypnotischen Effekte. Wir stehen einer – äh, Perzeption der Realität gegenüber, wenn Sie verstehen, was ich meine.«

»Ich fürchte, ja. Mr. Scott, haben Sie auf der *Enterprise* irgendwelche Veränderungen wahrnehmen können, die einen Einfluß auf unsere Reaktionen haben könnten?«

Scott legte den Kopf ein wenig schief und lauschte. »Ich glaube, der Ton der Impuls-Aggregate ist etwas anders als sonst, Sir. Es ist natürlich möglich, das sie gegen den magnetischen Sturm ankämpfen müssen. Aber der Unterschied scheint mir doch – nun – technologisch zu sein.«

»Entschuldigen Sie, Captain«, sagte Uhura, »aber ich verstehe das alles nicht ganz. Nachdem wir hier an Bord materialisierten, fühlte ich mich einen Moment ziemlich schwindlig. Wäre es nicht möglich...«

Sie brachte den Satz nicht zu Ende, sondern machte eine Geste, als ob sie einen Eimer über McCoys Intercom stülpen würde.

Der Arzt hob die Brauen, dann nickte er. Er ging zu der Stelle, an der er seine diagnostischen Geräte zu stehen pflegte, schüttelte den Kopf, als er feststellen mußte, daß sie jetzt woanders standen, und legte dann ein paar Schalter um.

»Ich hätte von selbst daran denken sollen«, sagte er, »aber ich bin anscheinend genauso durcheinander wie alle anderen hier. Früher haben sich immer alle darüber beschwert, daß mein Stereotatix das Intercom stört. Hoffen wir, daß es noch immer so ist.«

»Wir müssen es darauf ankommen lassen«, sagte Kirk. »Leutnant Uhura, ich habe genau den gleichen Effekt gespürt. Wir waren zuerst im Transporterraum, und dann brach die Energieversorgung zusammen, und wir befanden uns wieder auf dem Planeten. Dann wurden wir in diese Situation gebeamt – was immer sie bedeuten mag. Und der Chef unseres Transportersystems ... wo steckt er eigentlich?«

»Ich habe ihm eine Spritze gegeben, die ihn etwas übel werden läßt. Eine böse Umkehrung der ärztlichen Kunst; aber ich möchte ihn für eine Weile außerhalb von Spocks Reichweite haben.«

»Er hat selbst gesagt, daß etwas Merkwürdiges beim Transport vorgegangen sein muß. Und dann ist da noch dieser Ionen-Sturm.«

»Captain«, sagte Scott langsam. »Denken wir beide jetzt das gleiche?«

»Das weiß ich nicht Scotty. Aber bis jetzt paßt alles genau zusammen. Es deutet auf ein paralleles Universum hin, das gleichzeitig neben dem unseren existiert, in einer anderen Dimension – oder vielleicht auch auf einer anderen Wahrscheinlichkeitsebene. Es ist alles doppelt vorhanden – oder doch fast. Ein Imperium an Stelle einer Föderation. Eine andere *Enterprise,* ein anderer Spock...«

»Und ein anderer Jim Kirk?« fragte Scott leise. »Und ein anderer Dr. McCoy?«

»Nein«, sagte McCoy in plötzlicher Erkenntnis. »Ein Austausch! *Wenn wir hier sind...«*

»Unsere Doppelgänger wurden zufällig zur gleichen Zeit transportiert«, sagte Kirk. »Ionen-Stürme kommen schließlich recht häufig vor. Ein anderer Ionen-Sturm hat anderswo ebenfalls die Energieversorgung unterbrochen. Und deshalb sind wir jetzt hier, und sie sind auf *unserem* Raumschiff und stellen sich wahrscheinlich die gleichen Fragen wie wir, und kommen vielleicht zu denselben hypothetischen Schlüssen. Schließlich werden sie vom Computer eine Antwort verlangen. Und genau das müssen wir auch tun.«

McCoy begann auf und ab zu gehen. »Und was ist mit den Halkanern? Wir können doch nicht zulassen, daß sie vernichtet werden, auch wenn es ganz andere Halkaner in einem völlig anderen Universum sind.«

»Ich weiß auch noch nicht, was wir unternehmen sollen, Pille. Vor allem müssen wir jetzt Zeit gewinnen. Scotty, gehen Sie nach unten und schließen Sie die Hauptstromleitung für die Phaser-Geschütze kurz. Es muß so aussehen, als ob der Sturm dafür verantwortlich gewesen wäre. Leutnant Uhura, gehen Sie auf Ihren Posten und sehen Sie die Tagesbefehle der Sternflotten-Kommandozentrale – oder was immer die Leute hier an dessen Stelle haben – genau durch. Ich muß wissen, welchen Auftrag man diesem Schiff gegeben hat. Noch etwas: Wenn wir uns später wieder miteinander in Verbindung setzen wollen, dann nur mit Kommunikatoren. Benutzen Sie nur die Hyperraum-Frequenz und schalten Sie den Verzerrer ein.«

Uhura und der Ingenieur nickten und verließen den Raum. Dr. McCoy hatte sein unruhiges Hin- und Hergehen aufgegeben und stand jetzt vor einer Art Glaskäfig. In dem Käfig hing etwas, das wie ein großer Vogel aussah. Sein Körper war mit Elektroden gespickt, und daneben hing ein Protokoll.

»Was ist denn das?« rief McCoy überrascht. »Jim, sieh das einmal an. ›Ein Specimen einer annektierten Rasse; I. Q. 180. Lebenserhaltungs-Experimente für menschliche Wesen unter den auf ihrem Heimatplaneten vorherrschenden Bedingungen! – Herz- und Lungenmodifikationen.‹ – Es lebt! Und wenn ich mich nicht irre, liegt es im Sterben! Ich dulde so eine Scheußlichkeit nicht im Krankenrevier!«

»Sie werden es wohl oder übel dulden müssen, zumindest vorläufig«, sagte Kirk mitfühlend. »Wir müssen unsere Rolle weiterspielen, bis wir mehr Informationen gesammelt haben. Es ist eine scheußliche Welt, und wir dürfen nichts tun, das unsere Rückkehr in unser eigenes Universum gefährden könnte.«

Auch auf der Brücke befand sich ebenfalls ein Exemplar des Galaxis-und-Dolch-Wappens, und der Kommandantensessel hatte weit ausladende Armlehnen, wirkte fast wie ein Thron. Der Mann, der wie Chekov aussah, starrte Uhura mit unverhülltem Interesse an. Seine Absichten waren offenkundig; aber niemand schien das irgendwie ungehörig oder auch nur ungewöhnlich zu finden.

Kirk trat zu ihr.

»Irgendwelche neuen Befehle, Leutnant?«

»Nein, Sir. Sie sind nach wie vor angewiesen, die Halkaner zu vernichten, falls sie sich nicht unseren Forderungen fügen sollten.«

»Danke.« Er trat zu seinem Sessel und setzte sich. »Bitte um Meldung, Mr. Sulu.«

»Phaser-Geschütze auf Zielgruppe A eingerichtet, Captain. Wir nähern uns der optimalen Feuerzone. Soll ich Feuerbefehl geben, Sir?«

»Ich möchte erst die Meldung der anderen Abteilungen hören.« Er schaltete das Intercom ein. »Mr. Scott?«

»Hier Scott, Sir. Keine Veränderungen. Keine Schäden an den Phaser-Geschützen.«

»Danke, Mr. Scott.«

Das war schlimm, sehr schlimm sogar. Aber es ließ sich nun einmal nicht ändern. Als er das Intercom ausschaltete, betrat Spock die Brükke.

»Die Rotation des Planeten trägt die Ziele der Gruppe A außer Reichweite der Phaser-Geschütze«, meldete Sulu. »Soll ich unsere Umlaufbahn korrigieren, um uns wieder in Schußweite zu bringen?«

»Nein.«

Sulu legte ein paar Schalter um. »Geschütze sind ab sofort auf Ziele der Gruppe B gerichtet.«

»Mr. Spock«, sagte Kirk. »Sie haben vorhin gesagt, daß die Halkaner uns sehr nützlich sein könnten. Nach meinem Besuch bei ihnen stimme ich Ihnen vollkommen zu.«

»Falls sie sich zu einer Zusammenarbeit bereitfinden, habe ich gesagt. Aber das wollen sie offenbar nicht.«

»Leutnant Uhura, setzen Sie sich mit der Regierung Halkans in Verbindung. Wir werden noch einen letzten Versuch unternehmen.« Als er Spocks Überraschung bemerkte, setzte er hinzu: »Die Halkaner sind eine junge Rasse. Sie können uns mehr bieten, als nur Dilithium-Kristalle.«

»Aber es ist doch völlig eindeutig, daß sie jede Zusammenarbeit mit uns ablehnen. Sie haben den Vorschlag des Imperiums zurückgewiesen. Die Richtlinien unseres Kommandos fordern eine exemplarische Bestrafung, und deshalb...«

»Ich habe meine Gründe für meine Haltung, Mr. Spock, und ich werde sie Ihnen erklären, wenn wir Zeit dafür haben.«

»Captain«, sagte Uhura. »Ich habe den Regierungschef der Halkaner auf Kanal B.«

Kirk blickte auf den Bildschirm über Uhuras Platz. Das Gesicht Tharns war zu sehen, und es sah noch müder und resignierter aus als vor einer Stunde, als Kirk sich von ihm verabschiedet hatte. Wie konnte er das Theater überzeugend spielen? fragte er sich.

»Ihr Widerstand ist sinnlos«, sagte er aufs Geratewohl.

»Wir widersetzen uns Ihnen nicht«, sagte Tharn.

»Wir geben Ihnen zwölf Stunden Zeit, sich Ihre Antwort noch einmal zu überlegen.«

»Sie könnten uns auch zwölf Jahre geben oder zwölftausend Jahre, Captain Kirk«, sagte Tharn ruhig und würdevoll. »Das ändert nichts an unserem Standpunkt. Wir sind aus ethischen Gründen gezwungen, Ihre Forderung nach Dilithium-Kristallen abzulehnen. Sie würden ihre Energie doch nur zur Zerstörung verwenden.«

»Dann werden wir Ihren Planeten zerstören und uns nehmen, was wir wollen. Das ist alles, was Sie mit Ihrer Weigerung erreichen. Ihre ganze Rasse wird ausgelöscht und...«

»Und wir erhalten das, woran wir glauben«, führte Tharn den Satz zu Ende. »Vielleicht werden alle Planeten, die Sie versklavt haben, sich eines Tages gegen Sie auflehnen, so wie wir es heute tun. Und wenn es dazu kommt, wie wollen Ihre Raumschiffe dann die ganze Galaxis überwachen und beherrschen?«

»Schalten Sie ab, Leutnant«, befahl Kirk. Das Bild auf dem Bildschirm erlosch.

»Zwölf Stunden, Captain«, sagte Spock. »Das hat es noch nie gegeben.«

»Heben Sie die Feuerbereitschaft der Phaser-Geschütze auf, Mr. Sulu.«

»Ich sehe mich gezwungen, Ihr Verhalten zur Meldung zu bringen, Captain«, sagte Spock. »Sie haben sich in eine äußerst schwierige Lage gebracht.«

»Es steht Ihnen frei, das zu tun, Mr. Spock«, sagte Kirk und erhob sich. »Übernehmen Sie das Kommando hier. Ich bin im Lageraum. Machen Sie mir Meldung, sobald irgend etwas geschieht, Leutnant Uhura, kommen Sie in den Lageraum und benachrichtigen Sie Dr. McCoy und Mr. Scott, daß ich sie ebenfalls dort erwarte. Mr. Chekov, lösen Sie Leutnant Uhura ab.«

Er konnte nur hoffen, daß diese Folge von Befehlen und sein Verstoß gegen irgendeine ihm unbekannte Vorschrift die andern darüber hinwegtäuschen würde, daß er die Mitglieder der Landemannschaft zu sich befohlen hatte.

»Wir müssen aufpassen«, sagte Scott. »Die Leute schrecken auch nicht vor einem Mord zurück. Mein Obermaschinist wollte mich eben umlegen. Nicht persönlich, natürlich, sondern mit Hilfe von Komplizen. Ich bin nur noch am Leben, weil einer der Leute sich die Sache anders überlegt und mich gewarnt hat.«

»Wie sieht es mit der technischen Einrichtung aus, Scotty?«

»Der einzige Unterschied ist eine andere Instrumentierung. Nichts, mit dem ich nicht umgehen könnte. Und was die Sternbilder betrifft: Es ist alles an seinem gewohnten Ort – außer uns.«

Kirk trat an den Schreibtisch und blickte auf das Computer-Mikrophon. »Jetzt wollen wir sehen, was uns noch bevorsteht. – Computer, hier spricht Captain Kirk. Ich brauche eine Sicherheitsuntersuchung, die unter meinem Stimmabdruck und dem von Mr. Scott abgelegt werden soll.«

»Eingetragen«, sagte der Computer mit unangenehm harter maskuliner Stimme. Anscheinend hatten die Menschen dieses Parallel-Universums noch nicht bemerkt, daß Männer einer Maschine aufmerksamer zuhören, wenn sie mit einer Frauenstimme spricht.

»Ich brauche alle Daten, die sich auf magnetische Stürme der letzten Zeit beziehen und die Korrelation der folgenden Hypothese: Könnte ein Sturm dieser Stärke in Transporterschaltungen einen Energiestoß verursachen, der zu einem momentanen interdimensionalen Kontakt mit einem Parallel-Universum führt?«

»Ja«, antwortete der Computer, ohne zu zögern.

»Könnten Menschen in jedem Universum in einem solchen Augenblick, wenn sie sich gerade im Zustand der Transportation befinden, mit ihren Doppelgängern des anderen Universums ausgetauscht werden?«

»Ja«, antwortete der Computer.

»Bandauswurf und Ende.«

Ein Schlitz in der Tischplatte öffnete sich, und eine Bandspule glitt heraus. Kirk reichte sie Scott. »Sieht aus, als ob Sie jetzt an der Reihe wären, Scotty.«

»Ich muß die notwendige Energie aus den Sol-Triebwerken abzapfen und für die Transportation von vier Leuten einpegeln«, sagte Scott nachdenklich. »Dazu brauche ich aber einen Helfer. Sie würden dabei zu sehr auffallen, Captain. Leutnant Uhura ebenfalls. Also kommen Sie McCoy. Dann wollen wir mal.«

»Ich bin kein Ingenieur«, protestierte McCoy indigniert.

»Es wird schon gehen. Captain, kümmern Sie sich doch bitte um die anderen Leute.«

Die beiden Männer verließen den Raum. Nach einer Weile sagte Uhura: »Captain – ich frage mich, was für Menschen *sind* wir eigentlich in diesem Universum? Ich meine, was für Menschen müssen wir vorgeben zu sein?«

»Das werden wir gleich feststellen. – Computer: Verlesung der Personalakte des derzeitigen Kommandanten.«

Der Computer sagte: »Kommandant: James T. Kirk. Erhielt Kommando von ESS *Enterprise* als Nachfolger von Captain Karl Franz, der ermordet wurde. Erster Einsatz: Unterdrückung des Aufstandes auf Gorlan durch Zerstörung des Heimatplaneten der Rebellen. Zweiter Einsatz: Exekution von fünftausend Kolonisten auf S-Doradus Neun, wodurch die Kolonie gezwungen wurde, ihre separatistischen Bestrebungen aufzugeben. Dritter Einsatz: Niederschlagung...«

»Genug«, sagte Kirk entsetzt. »Leutnant, wollen Sie auch hören, wie *Ihre* Vergangenheit aussieht?«

Leutnant Uhura erschauerte. »Nein, danke. Wahrscheinlich würde ich erfahren, daß mein Vorgänger mein Liebhaber gewesen ist, und ich seinen Posten erlangt habe, indem ich ihn hinterrücks erdolchte. Wie kann man nur ein Sternenschiff im Wert von fünfzig Millionen Credits wie ein Piratenschiff führen?«

»Auf Piratenschiffen herrschte strengste Disziplin, Leutnant. Jeder Mann hatte Angst vor seinem Vorgesetzten. Der Pirat Morgan hat Panama mit seinen wenigen Schiffen erobert; genauso, wie es ein Admiral mit einer Flotte von Kriegsschiffen getan hätte.«

»Und dann wurde er irgendwann im Schlaf ermordet, nicht wahr?«

»Nein. Man wollte ihn ermorden, aber seine Männer beschützten ihn. Nicht aus Liebe oder Respekt, sondern weil seine Fähigkeiten ihnen das gaben, was sie verlangten. Die Wertmaßstäbe waren andere als bei ›legitimen‹ Schiffen – aber die Ziele waren dieselben.«

»Aber welche Ziele haben die Männer dieses Raumschiffes?«

»Das Schiff erfüllt seinen Zweck – sonst würde es gar nicht existieren; sein Kommandant ist tüchtig – sonst wäre er nicht mehr am Leben. Und das Imperium wird die Dilithium-Kristalle bekommen – so oder so.«

Uhura nickte ernst. »Und was glauben Sie, werden unsere Doppelgänger an Bord *unserer Enterprise* tun?«

»Ich hoffe, daß auch sie Theater spielen. Wenn nicht, stehen wir bei unserer Rückkehr vor dem Kriegsgericht.« Das Intercom summte.

»Hier Kirk.«

»Sir, die Verbindung scheint gestört zu sein. Ich kann Sie kaum hören.«

»Verstanden.« Er schaltete ab, zog seinen Kommunikator heraus, stellte Hyperraum-Frequenz ein und schaltete den Verzerrer ein.

»Okay, Scotty. Schießen Sie los.«

»Wir könnten es schaffen, Captain. Aber wenn wir die Energieversorgung der Triebwerke unterbrechen und den Transporter zuschalten, zeigen die Überwachungsgeräte auf der Brücke das an. Wir brauchen die Energie zwar nur für eine Sekunde, aber…«

»Verstanden. Warten Sie einen Moment.« Kirk überlegte rasch. »Leutnant Uhura, ich muß Ihnen einen sehr unangenehmen Auftrag erteilen. Ich habe bemerkt, daß der hiesige Chekov Sie überaus begehrlich angestarrt hat…«

»Er ist sogar zudringlich geworden, bevor Sie auf die Brücke kamen, Captain.«

»Um so besser. Könnten Sie ihn nicht ein wenig ermutigen?«

Uhura sagte langsam: »Mit *unserem* Chekov würde ich niemals ein falsches Spiel treiben. Aber dieser hier verursachte mir eine Gänsehaut. – Wird gemacht, Captain.«

»Danke – Scotty, Uhura wird ein kleines Ablenkungsmanöver starten, durch das Sulus Aufmerksamkeit abgelenkt wird. Geben Sie uns ein Zeichen, wenn Sie soweit sind. Und jetzt zurück auf Ihre Posten, bevor jemand merkt, daß wir hier Kriegsrat halten.«

Uhura verließ den Lageraum. Bevor Kirk ihr folgen konnte, trat Spock durch eine andere Tür herein.

»Captain, ich muß sofort mit Ihnen sprechen.«

»Bitte, Mr. Spock.«

»Es würde mir leid tun, wenn Sie sterben müßten.«

Kirk runzelte die Stirn. »Nett von Ihnen, Mr. Spock.«

»Nettigkeit steht hier nicht zur Debatte. Wie Sie wissen, strebe ich Ihren Posten nicht an. Mir liegt meine wissenschaftliche Aufgabe viel mehr – und offen gesagt, ziehe ich es vor, einen weniger begehrenswerten Posten zu haben. Das verlängert das Leben.«

»Logisch wie immer, Mr. Spock.«

»Ich sehe mich deshalb gezwungen, Sie zu fragen, ob Sie Ihre unverständliche Haltung gegenüber den Halkanern beibehalten wollen oder nicht.«

»Meine Befehle bleiben bestehen.«

»Ich vermute, daß Sie damit einen bestimmten Plan verfolgen. Sie sind ein ausgezeichneter Offizier. Unsere Unternehmen waren immer erfolgreich.«

»Ich weiß«, sagte Kirk. »Ich erinnere mich vielleicht besser daran als Sie.«

»Ich vergesse nie etwas.«

»Auch das weiß ich. Dann werden Sie sich auch an die Unlogik der Verschwendung erinnern, Mr. Spock. Ist es logisch, potentielle Arbeitssklaven, Ausrüstungen, wertvolle Einrichtungen zu zerstören, ohne vorher jede Möglichkeit erschöpft zu haben, sie uns nutzbar zu machen? Das Imperium kann sich ein wenig Geduld leisten.«

»Logischerweise müssen wir den Terror aufrechterhalten«, sagte Spock. »Sonst bekommt das Imperium weiche Stellen, von denen aus sich die Fäulnis ausbreiten kann.«

»Die Halkaner haben ein sehr logisches Argument vorgebracht. Ist die Geschichte auf unserer Seite? Eroberungen sind leicht – Herrschaft aber sehr schwierig.«

»Die Geschichte kennt keine Wiederholungen«, sagte Spock finster. »Trotzdem gebe ich zu, daß ein Regime wie das unsere noch niemals eine Rebellion seiner Untertanen überlebt hat. Die Frage ist, ob unsere Macht so ungeheuer groß geworden – quantitativ gesehen –, daß wir zu einer *qualitativen* Veränderung der Situation gezwungen sind? Der Raum ist gegen uns, wie Sie sehr richtig sagten; allein seine gigantischen Ausmaße machen jedwede Kommunikation schwierig, von einer Beherrschung ganz abgesehen. – Ich habe nicht gewußt, daß Sie ein Philosoph sind, Captain. Wir haben noch nie so miteinander gesprochen.«

»Vielleicht hätten wir es längst einmal tun sollen, Mr. Spock.«

»Da haben Sie recht. – Ich glaube nicht, daß Commander Moreau ein Denker ist.«

Kirk antwortete nicht. Er überlegte, wer zum Teufel Commander Moreau war. Höchstwahrscheinlich der Mann, der hinter seinem Posten her war.

»Sir«, sagte Spock schließlich, »ich habe eben einen persönlichen Funkspruch von dem Hauptquartier der Sternenflotte erhalten. Ich begehe einen schweren Verstoß gegen die Dienstvorschrift, wenn ich Sie von seinem Inhalt informiere. Aber andere Überlegungen haben den Vorrang. Kurz gesagt: Ich bin angewiesen worden, bis zur Planeten-Dämmerung über dem Ziel zu bleiben, um Ihnen die Möglichkeit zu geben, Ihren Auftrag zu erfüllen. Ihr Verzögerungsmanöver ist selbstverständlich von Mr. Sulu gemeldet worden.«

»Und wenn ich den Auftrag nicht erfülle?«

»In diesem Fall«, sagte Mr. Spock, und seine Stimme klang gleichzeitig hart und bedauernd, »habe ich den Befehl, Sie zu töten und als neuer Kommandant der *Enterprise* die Aktion gegen die Halkaner zu Ende zu führen. Ich würde Moreau dann natürlich ebenfalls umbringen und angeben, daß er von *Ihren* Anhängern ermordet wurde.«

»Sehr logisch«, sagte Kirk. »Ich danke Ihnen für die Warnung, Mr. Spock.«

»Ich bedauere diese Entwicklung außerordentlich. Ich werde die ganze Nacht in meiner Kabine sein – für den Fall, daß Sie mich allein zu sprechen wünschen.«

»Nochmals vielen Dank, Mr. Spock. Aber das ändert meine Entschlüsse nicht.«

»Sir, darf ich dann wenigstens die Gründe für Ihre Handlungsweise erfahren?«

»Ich fühle mich versucht, sie Ihnen mitzuteilen, Mr. Spock. Aber Sie werden sie noch rechtzeitig genug erfahren. Machen Sie weiter.«

Als Spock gegangen war, setzte sich Kirk an den Tisch. Er wußte, daß er eigentlich wieder auf die Brücke gehen und die Maskerade fortsetzen sollte. Aber selbst mit Spocks äußerst seltsamer Mithilfe, und selbst, wenn es Scotty gelingen sollte, sie in ihr eigenes Universum zurückzubeamen, bliebe das größte Problem ungelöst: das Schicksal der Halkaner in diesem anderen Universum.

Gleichgültig, wie sich das Schicksal von Kirk, McCoy, Scott und Uhura wenden würde, die Halkaner würden der Vernichtung anheimfallen. Und er sah keine Möglichkeit, es zu verhindern.

Wieder piepste der Kommunikator.

»Hier Kirk.«

»Captain, hier ist Scott. Mit McCoys Hilfe habe ich alles vorbereitet. Pille könnte wirklich jederzeit als Ingenieur einspringen.« – Im Hintergrund war ein entrüstetes Murmeln zu hören. – »Aber als ich die ganze Sache mit dem Computer durchgetestet habe, bin ich auf eine sehr beunruhigende Tatsache gestoßen: Die doppelseitige Transportation hat die lokale Feld-Dichte zwischen den beiden Universums beeinflußt – und sie steigt ständig an. Wir müssen uns beeilen. Uns bleibt höchstens noch eine halbe Stunde Zeit. Wenn wir die Frist versäumen, können wir vielleicht erst nach Jahrhunderten in unsere Welt zurückkehren.«

»Was schlagen Sie vor, Scotty?«

»Wir können jetzt jederzeit Energie von den Sol-Triebwerken abzapfen und auf den Transporter schalten. Sie müssen nur auf der Brücke den Hauptschalter umlegen. Geben Sie uns noch zehn Minuten Zeit, dann veranstalten Sie und Uhura Ihre Ablenkungsmanöver und rennen wie Ssopolamander vom Mars in den Transporterraum.«

»Verstanden. Zeitvergleich: Fünf – vier – drei – zwei – eins – null.«

»Stimmt. – Viel Glück, Captain.«

Es blieb keine Zeit mehr, sich um das Schicksal der Halkaner zu kümmern; aber Kirks Sorgen blieben. Als er sich auf den Kommandantensessel setzte, blickte Sulu ihn kühl und prüfend an.

»Ihre Befehle, Captain?«

»Einstellung auf Zielgruppe A und Feuerbereitschaft«, sagte Kirk. »Angriffsbeginn bei lokalem Tagesanbruch.«

Sulu lächelte überlegen. »Ich freue mich, daß Sie endlich zur Vernunft gekommen sind, Captain. Ihre ganzen Spielereien mit dem Computer haben Ihnen also keine andere Alternative geben können. Ich habe mich schon gefragt, ob Sie weich geworden sind. Ich zweifle nicht daran, daß Mr. Spock sich als Kommandant des Schiffes bewähren würde; aber Sie sind ohne Frage der bessere Mann, und ich hoffe, Sie werden es bleiben.«

Kirk war so übel von dem Befehl, den zu geben er gezwungen war, daß er sich nicht die Mühe machte, seinen Ekel zu verbergen. »Ihnen entgeht wirklich nichts, nicht wahr, Mr. Sulu?«

»Einem guten Sicherheitsoffizier darf auch nichts entgehen. Sonst verdient er eine Stunde in der Bestrafungskammer.«

Das steht Ihnen vielleicht noch bevor, Mr. Pseudo-Sulu, dachte Kirk finster. *Offensichtlich haben Sie keine Ahnung, was ich mit der Computer-Spielerei wirklich bezweckt habe.*

Das Bild des Halkan-Planeten schob sich auf Uhuras Bildschirm. Chekov starrte das Mädchen mit begehrlichen Blicken an. Sie beobachtete den Bildschirm und murmelte dann, wie im Selbstgespräch: »Nur ein einziges Mal möchte ich an etwas anderes denken als an den Tod.«

Sulu warf ihr einen verächtlichen Blick zu und ging wieder zum Hauptkontrollpult zurück. Es würde ihm sicher nicht entgehen, wenn Scott die Energie der Sol-Triebwerke auf den Transporter schaltete.

Uhura blickte vom Bildschirm weg und zu Chekov hinüber. Nur eine Sekunde lang, dann senkte sie rasch den Blick. Ihre Haltung drückte aus, daß sie sich vielleicht doch überreden lassen könnte.

Der Navigator grinste und lehnte sich zurück. Sein Arm umspannte Uhuras Hüfte.

Sulu achtete nicht auf sie. – Und es blieb nur noch eine Minute Zeit…

Klatsch!

Sulu blickte auf. Uhura war aufgesprungen und starrte Chekov wütend an. Sie trat zwei, drei genau kalkulierte Schritte zurück, in Richtung auf Sulus Kontrollpult.

Chekov, dessen Verblüffung jetzt kalter Wut Platz gemacht hatte, sprang ebenfalls auf.

Doch Sulu schien das lediglich zu amüsieren. »Bleiben Sie auf Ihrem Posten, Chekov.«

Aber Chekov dachte nicht daran. Er ging langsam auf Uhura zu und schien drauf und dran, sie schlagen zu wollen.

Kirk sah eine Möglichkeit zum Eingreifen und sprang auf.

»Treiben Sie diese Art von Spielen immer, wenn ich nicht auf der Brücke bin?« sagte er hart. »Mr. Chekov, Sie melden sich sofort zum Rapport. Leutnant Uhura, Sie haben diese Situation provoziert. Gehen Sie sofort in die Bestrafungszelle! Mr. Sulu, Sie übernehmen Leutnant Uhuras Posten!«

»Sir«, sagte Sulu, »warum gehen Sie auch von der Brücke?« Das »Sir« klang wie eine Beleidigung.

»Ich werde Leutnant Uhura ganz persönlich klarmachen, warum sie in der Bestrafungszelle ist. Ich bin gleich wieder zurück.«

Er sah den Ausdruck von Sadismus und Geilheit auf den Gesichtern der Männer, als er Uhura folgte. Sie grinsten und leckten sich die Lippen.

Dann hatten Kirk und Uhura die Brücke verlassen und rannten zum Transporterraum.

Spock und zwei Mitglieder der Mannschaft erwarteten sie dort – mit gezogenen Phasern.

»Nun, Mr. Spock? Haben Sie sich entschlossen, mich umzubringen, obwohl ich meinen Auftrag ausführe?«

»Nein, Captain. Aber es haben sich seit Ihrer Rückkehr von Halkan eigenartige Dinge hier an Bord abgespielt, darunter seltsame Computeranalysen, die normalerweise gegen Abfragen versiegelt sind. Außerdem bereiten Sie einen gewaltigen Stromstoß auf den Transporter vor. Das kann äußerst gefährliche Folgen haben. Ich frage Sie deshalb: Wohin wollen Sie und Ihre drei Komplizen, Captain?«

»Nach Hause«, sagte Kirk.

»In das andere Universum?«

»Sie wissen davon?«

»Ja, Captain. Und ich gebe Ihnen völlig recht. Ich möchte Sie nur bitten, mich vorher mit einer Betäubungswaffe auszuschalten. Meine beiden Leute werden später jede Story, die ich den anderen erzähle, vollauf bestätigen.«

McCoy sagte: »Mr. Spock, in meinem Universum haben wir beide oft Meinungsverschiedenheiten gehabt; in diesem Universum habe ich Sie gehaßt. Ich glaube aber, daß Sie in beiden Welten ein anständiger und aufrechter Mann sind.«

»Das ist nur logisch«, sagte Spock. »Sie müssen jetzt in Ihr Universum zurück, damit ich *meinen* Captain zurückbekomme. Ich werde den Transporter selbst bedienen. Sie haben nur noch zwei Minuten und zwanzig Sekunden Zeit.«

»Mr. Spock«, sagte Kirk. »Auch wenn die Zeit knapp wird, noch eine Frage: Wie lange wird es dauern, bis es zu der von den Halkanern vorausgesagten galaktischen Revolte kommt?«

Spock warf ihm einen überraschten Blick zu. »Ich würde schätzen – etwa zweihundertfünfzig Jahre.«

»Und wie wird sie ausgehen?«

»Das Imperium wird zerschlagen werden, selbstverständlich. – Vielleicht wird es durch eine Art Föderation ersetzt, falls die Periode der Bürgerkriege nicht allzu vernichtend verläuft.«

»Mr. Spock. Überlegen Sie doch einmal die Unlogik einer solchen Verschwendung, Verschwendung von Leben, Material, Potential und

Zeit. Es ist völlig absurd, daß Sie Ihre große Begabung einem Imperium zur Verfügung stellen, das zum Untergang verurteilt ist.«

»Sie haben noch eine Minute dreiundzwanzig Sekunden«, sagte Spock ausweichend.

»Wenn eine Veränderung des bestehenden Zustandes sowohl voraussehbar als auch wünschenswert ist, warum widersetzen Sie sich ihr dann?« bohrte Kirk weiter.

»Selbstmord ist ebenfalls unlogisch. Ein Mann kann die Zukunft nicht herbeiführen.«

Kirk trat näher auf den Mann zu, der seinem Ersten Offizier in Aussehen und Haltung so überaus ähnlich war, dem jedoch die menschliche Wärme unter der vulkanischen Zurückhaltung des wirklichen Spock fehlte. »Mr. Spock. Aber ein Mann kann die *Gegenwart* ändern. Werden Sie Kommandant der *Enterprise*, ob Sie den Posten mögen oder nicht. Finden Sie einen logischen Grund, die Halkaner zu verschonen, und überzeugen Sie Ihre Sternflotten-Kommandozentrale davon. Sie können eine Sache besser durchsetzen als jeder andere, wenn Sie so sind, wie *mein* Erster Offizier; und davon bin ich überzeugt. In jeder Revolution gibt es einen Visionär. Welchen Weg wollen Sie gehen? In die Vergangenheit oder in die Zukunft? Zur Tyrannei oder zu Hoffnung, Vertrauen und Freundschaft? Selbst hier können Sie nicht ganz ohne die Anständigkeit leben, die Sie auf – auf der anderen Seite bewiesen haben. Benutzen Sie sie! Machen Sie etwas daraus!«

»Sie müssen gehen«, sagte Spock. »Mein Captain hat leider niemals so mit mir gesprochen. Ich werde mich immer an Ihre Worte erinnern, Captain. Ich kann Ihnen nichts versprechen; aber ich werde alles tun, um die Halkaner zu retten. – Und jetzt beeilen Sie sich! Sie haben nur noch achtzehn Sekunden! – Leben Sie wohl, Jim Kirk. Es hat mich gefreut, den anderen kennenzulernen.«

Kirk trat auf die Transporterplattform, und die drei anderen folgten ihm. Er schaltete seinen Phaser auf »Betäubung«. Es fiel ihm trotzdem sehr schwer, ihn abzudrücken.

Kirk lehnte sich in seinem Sessel zurück und genoß die Vertrautheit seiner alten Umgebung.

Uhura warf dem armen ahnungslosen Chekov giftige Blicke zu. Auch Kirk selbst hatte ein unbehagliches Gefühl, Sulu – den »wirklichen« Sulu – dicht neben sich zu sehen.

McCoy hatte offensichtlich keinerlei Schwierigkeiten, sich wieder einzugewöhnen. Sein umfassendes Wissen vom Verhalten unter Streß gab ihm auch die Möglichkeit, sich selbst zu verstehen. Er sagte lächelnd zu Spock: »Als ich mich plötzlich wieder hier an Bord fand, war ich so froh, Sie zu sehen, mein lieber Spocky-Boy, daß ich Sie fast geküßt hätte. Glücklicherweise hat mich allein bei der Vorstellung ein solcher Ekel gepackt, daß ich darauf verzichtet habe.«

»Da bin ich aber sehr froh«, sagte Mr. Spock trocken.

»Mr. Spock«, sagte Kirk, »Scotty hat mir berichtet, daß wir wahrscheinlich für immer in dem anderen Universum gestrandet wären, wenn Sie nicht unsere Doppelgänger sofort erkannt, gefangengenommen, verhört und nach Analyse und richtiger Erkenntnis der Lage in den Transporterraum geschafft hätten, so daß der Austausch jederzeit stattfinden konnte. Ich danke Ihnen. Ihre klare Logik hat zum hundertsten Mal zu dem einzig richtigen Entschluß geführt. Aber – wie sind Sie darauf gekommen?«

»Sir«, sagte Spock. »Sie kennen mich besser als jeder andere Mensch. Es gibt aber gewisse Charakterzüge, die ich ungern zeige. Und die habe ich jetzt gebraucht.«

»Sie brauchen mir nichts zu erklären, wenn Sie nicht mögen. Aber es wäre sicher sehr nützlich, wenn ich wüßte, wie Sie es geschafft haben.«

Spock hob den Kopf und blickte auf einen Punkt, der weit draußen im grenzenlosen Raum zu liegen schien.

»Ein zivilisierter Mensch«, sagte er schließlich, »kann ohne Schwierigkeit die Rolle eines Barbaren spielen, so wie Sie es in jenem anderen Universum getan haben. Er braucht nur in sein Innerstes zu blicken und nach den Instinkten seiner wilden Vorfahren zu suchen – sie schlummern in uns allen – und sie zu wecken. Ihre Doppelgänger waren unverhüllte Barbaren. Sie besaßen diese dünne Schale von Zivilisation und Humanität nicht, die uns – meistens – zurückhält, diesen Instinkten freien Lauf zu lassen. Der Kontrast war nicht zu übersehen.«

McCoy fragte: »Spock, hätten *Sie* einen Wilden spielen können, wenn Sie mit uns in das andere Universum transportiert worden wären?«

Spock sagte sehr ernst: »Dr. McCoy, ich *bin* ein Wilder; sowohl hier als auch dort. Aber eines Tages – hoffe ich – werde ich diesen Zustand überwinden.«

Das Unglückskind

Selbst wenn es Kirk noch nicht bekannt gewesen wäre, daß Teer Alkaar oberster Häuptling der zehn Stämme auf dem Planeten Ceres war, von dem Augenblick an, als er, Spock und McCoy vor dem Lager materialisierten, war es ihnen klar, daß die Alkaars wichtige Persönlichkeiten waren.

Vor jedem der Zelte, die am Rand des Buschgebiets standen, war ein Pfahl mit dem Familienbanner aufgepflanzt, und über allen wehte eine Flagge mit dem Stammesemblem Alkaars, einem Schwarm abstrakter Vögel.

Ein paar Stammesangehörige, Männer und Frauen, in schreiend bunt gemusterten Roben im Burnus-Stil, starrten die drei Männer der *Enterprise* verblüfft an, als sie plötzlich aus dem Nichts mitten unter ihnen auftauchten, und zogen sich dann schleunigst in ihre Zelte zurück, als ein Mann aus der größten der Unterkünfte ins Freie trat.

Er trug einen einfarbig schwarzen Burnus mit dem Vogel-Emblem auf der linken Schulter. Er schien Mitte Vierzig zu sein, war überaus hager und wirkte zäh wie eine Lederpeitsche. Er blickte Kirk gerade in die Augen, schlug sich mit der rechten Faust auf das Herz und streckte dann die offene Hand, mit der Fläche nach oben, von sich. Die Geste bedeutete: *Mein Herz und alles, was ich besitze, sind dir geöffnet.*

»Ich bin Maab, vom Haus der Alkaar«, sagte er. »Unsere Zelte sind geehrt durch Ihren Besuch.«

»Wir sind geehrt«, sagte Kirk. Er dachte rasch nach, dann verneigte er sich leicht, die Hände mit nach oben gerichteten Handflächen ausgestreckt und zog sie dann an seine Brust.

Wir nehmen Ihre Gastfreundschaft von ganzem Herzen an, wollte er andeuten.

Vielleicht war es nicht die richtige Antwort, aber sie schien den Leuten zu genügen.

»Der oberste Häuptling erwartet Sie«, sagte Maab, deutete auf das große Zelt und führte sie hinein.

Die Bevölkerung vom Ceres stand der Föderation seit langem freundlich gegenüber. Aber in letzter Zeit war dem Flotten-Kommando die Anwesenheit von Raumschiffen des Klingonen-Imperiums in diesem Sektor gemeldet worden, und obwohl die Föderation und das Imperium offiziell im Frieden lebten, war es in den vergangenen Monaten zu einer ständig zunehmenden Zahl von Zwischenfällen gekommen. Es war von äußerster Wichtigkeit, daß diese Mission auf dem Planeten Ceres nicht auch mit einem unliebsamen Zwischenfall endete.

Zwei Männer und eine Frau befanden sich im Zelt; doch Maabs tiefe Verneigung und seine respektvolle Haltung machten den Eintretenden sofort klar, welcher der beiden Männer Teer Alkaar war: ein hochgewachsener, breitschultriger Mann Ende Fünfzig, in einer weißen Robe mit schwarzem Vogel-Emblem. Man tauschte die formellen Begrüßungsgesten aus und setzte sich. Maab, stellte sich bei der Vorstellung heraus, war Alkaars Bruder. Der dritte Mann, der knapp zwanzig Jahre alt sein mochte, war Raal, der Sohn Teer Alkaars, und die junge Frau, die sehr hübsch aussah, seine Ehefrau Eleen. »Meine zweite Frau und eine Ehre für mein Haus«, stellte Teer Alkaar sie vor. Als sie mit Raals Hilfe aufstand, bemerkte Kirk, daß sie hochschwanger war.

»Kommen Sie«, sagte Alkaar und deutete auf einen niedrigen Tisch, »erzählen Sie mir von den Steinen, die Sie in den Bergen gefunden haben.«

Kirk winkte Spock, der mehrere rohe Steine und den vorbereiteten Vertrag auf den Tisch legte. Sie setzten sich um den Tisch. Die Frau und Raal verließen schweigend das Zelt. Es wurde dunkel draußen.

»Eine geologische Untersuchung hat erwiesen«, sagte Kirk, »daß es auf Ihrem Planeten reiche Vorkommen eines Minerals gibt, das Topalin genannt wird. Ich bin beauftragt, mit Ihnen über die Ausbeutungsrechte dieser Vorkommen zu verhandeln.«

»Wir Leute von Ceres sind Hirten und Händler, Captain«, sagte Alkaar. »Wir verstehen nicht, wie ein unscheinbarer Stein irgendeinen Wert haben könnte.«

»Sie stellen doch Ihre Waffen aus Eisen her, und Sie handeln mit Gold und Silber.«

»Das Eisen ist unseren Waffenschmieden seit Jahrhunderten bekannt. Gold und Silber sind durch die Schiffe der Föderation bei uns eingeführt worden. Sie bedeuten uns jedoch sehr wenig. Dennoch, es sind edle und seltene Metalle und nicht rohe Steine wie diese hier.«

»Häuptling Alkaar, ich muß Sie bitten, sich meine Erklärung anzuhören. Die Föderation besitzt sehr viele Kolonien, in denen Mineralien gewonnen werden, und unterhält Forschungsstationen auf zahllosen Planeten und Asteroiden, auf denen wir normalerweise gar nicht leben könnten. Ihre eigenen Legenden weisen darauf hin, daß Sie die Nachfahren früherer Kolonisten von der Erde sind. Diese Kolonisten haben Ihren Planeten nach einem Asteroiden in unserem Sonnensystem der Erde benannt, einer Steinkugel von knapp achthundert Kilometern Durchmesser, der als erster Asteroid kolonisiert wurde – obgleich er nicht einmal eine Atmosphäre besitzt.«

»Wie war es dann überhaupt möglich, ihn zu besiedeln?« fragte Alkaar.

»Wir errichten auf atmosphärelosen Himmelskörpern künstliche Plastikkuppeln, die mit atembarer Luft gefüllt werden«, sagte Spock. »Topalin erhält winzige Mengen eines Metalls, das für die Wiederaufbereitung der Atemluft in solchen Siedlungen unerläßlich ist. Und es ist nicht nur sehr selten, sondern muß auch ständig ersetzt und erneuert werden.«

»Warum?« fragte Maab. »Rostet es, oder nutzt es sich ab?«

Spock wollte diese Frage beantworten, aber Kirk hob die Hand. Diese Menschen hatten die Technologie, die ihre Vorväter vor vielen Jahrhunderten auf diesen Planeten mitgebracht hatten, offenbar völlig vergessen. Man müßte ihnen die Grundlagen der Physik von neuem vermitteln, damit sie das Prinzip der Halbwertszeit radioaktiver Substanzen überhaupt begreifen könnten.

»So ungefähr«, sagte Kirk deshalb. »Und die Tatsache, daß sich selbst im Topalin so wenig davon findet, macht es notwendig, das Erz in großen Mengen auf besondere Verarbeitungs-Planeten zu bringen.«

»Dann muß es wohl sehr wertvoll sein«, sagte Maab. »Was bieten Sie uns denn dafür?«

»Einen fairen Preis«, sagte Kirk, »in Geld oder jeder Tauschware, die Sie verlangen.«

Maab beugte sich vor. Plötzlich schrie er: »Ihr Erdenmenschen versteckt eure Lügen hinter Verträgen und Versprechen! Und dann stehlt ihr…!«

Alkaar schlug mit der flachen Hand auf den Tisch.

»Maab!«

»Sie haben andere Völker betrogen«, sagte Maab und starrte seinen Bruder an. »Das wissen wir. Sie haben keine Ehre und…«

»Halt den Mund!«

»Nein, das werde ich nicht tun. Du kannst nicht allein bestimmen, was getan werden soll. Es gibt viele unter uns, die diesen Vertrag ablehnen.«

»Geh hinaus! Es steht dir nicht zu, im Namen der Stämme zu sprechen!«

Maab stand auf. »Ich werde gehen. Aber viele von uns sind nicht so leicht hinters Licht zu führen wie unser Häuptling. Du wirst von uns hören.«

Er wandte sich ab und verließ wütend das Zelt.

Eine Weile herrschte bedrücktes Schweigen. Schließlich sagte Alkaar: »Ich muß mich für das Benehmen meines Bruders entschuldigen. Dennoch hat er in gewisser Weise recht: Eure Geschichte gibt uns Grund, euch zu mißtrauen.«

»Unsere ältere Geschichte vielleicht«, sagt Kirk.

»Uns haben Sie bisher kein Unrecht zugefügt«, sagte Alkaar zustimmend. »Aber Maab hat von anderen Planeten und von anderen Völkern gehört, die von Erdenmenschen betrogen worden sind.«

»Wo hat er diese Geschichten gehört?«

»Das weiß ich nicht. Von Händlern vielleicht, die jedes Jahr zu uns kommen und die Wolle unserer *Zakdirs* kaufen.«

»Dann sind es nur Gerüchte«, sagte Kirk. »Wir halten unsere Verträge immer genauestens ein.«

»Das glaube ich Ihnen, Captain. Ich verstehe die Bedingungen dieses Papiers und werde sie heute abend dem Rat der Stämme vorlegen. Inzwischen möchte ich Sie bitten, Ihre Waffen in meinem Zelt zu lassen, während Sie essen und danach zu unserer Versammlung kommen.«

Kirk hatte gewußt, daß es so kommen würde. Spock hatte die Kultur dieses Planeten vor ihrer Reise genau studiert. Aber sie konnten nichts dagegen tun. Alkaar klatschte in die Hände, ein Mann trat ins Zelt, und die drei Männer der *Enterprise* übergaben ihm ihre Phaser und auch die Kommunikatoren, weil diesem Hirtenvolk jedes technische Gerät als Waffe erscheinen mochte, besonders, wenn man sich weigerte, es auszuliefern.

»Ich übernehme die Verwahrung dieser Waffen«, sagte Alkaar feierlich, »als Symbol für einen langen Frieden zwischen uns. Keel, führe diese Männer zu ihrem Zelt und laß sie reichlich bewirten.«

Das Essen war fremdartig, aber überaus wohlschmeckend. Es wurde von einem verteufelt hübschen Ceres-Mädchen serviert, das nur so viel Stoff um die Lenden trug, daß man es nicht als nackt bezeichnen konnte. Seine Gegenwart machte es den Männern schwer, bei der Sache zu bleiben.

McCoy räusperte sich vorwurfsvoll und sagte: »Ich dachte, die Topalin-Vorkommen auf Altimara würden mindestens noch zwei Jahre reichen.«

»Altimara war eine Enttäuschung«, sagte Kirk. »Die beiden größten Adern sind taub geworden. Die restlichen Vorkommen reichen noch für eine sechsmonatige Versorgung unserer Kolonien aus. Bis dahin muß das Projekt hier voll angelaufen sein.«

»Haben wir keine Reserven?«

Spock antwortete: »Ein Konvoi von Frachtschiffen bringt gerade die letzten Ladungen von Lorigan zu den Kolonien dieses Quadranten.«

McCoy schüttelte den Kopf. »Diese ewigen mineralogischen Aufträge sind verdammt langweilig. – Und diese Meinungsverschiedenheit zwischen Maab und Alkaar... ich habe da ein sehr komisches Gefühl...«

»Mir gefällt es auch nicht«, sagte Kirk. »Aber das ist nicht unsere Sache. Wir müssen uns an die Entscheidung des Rates der Stämme halten. Maab besitzt dort sicher großen Einfluß und kann seine Meinung eventuell sogar durchsetzen.« Kirk zuckte die Achseln. »Vielleicht will er auch nur einen besseren Preis erzielen. Wer weiß.«

»Du würdest mit ihm darüber verhandeln?« fragte McCoy.

»Ich bin angewiesen, mit jedem zu verhandeln, der die Schürfrechte auf diesem Planeten an die Föderation abtreten kann«, sagte Kirk ruhig. »Ich bin *nicht* autorisiert, mich in irgendeinen lokalen Machtkampf einzumischen.«

»Da wir gerade von Machtkämpfen reden«, sagte Spock und betrachtete eine rosafarbene Frucht, als ob sie ein ungewöhnlich interessantes Exemplar der Pflanzenwelt wäre, »ich fand es recht eigenartig, daß unmittelbar nachdem wir das Zelt Alkaars verlassen hatten, zwei Posten davor aufgestellt wurden. Außer den üblichen Schwertern und Messern trugen sie auch eine bumerangartige Waffe, die von diesen Leuten *Klugat* genannt wird. Ich frage mich ernsthaft, ob die Posten die Aufgabe haben, Teer Alkaar zu beschützen – oder ihn an einer Flucht zu hindern.«

Von draußen erklang ein spitzer Schrei, dann noch einer, und dann das Klirren von Waffen.

»Ich glaube, das werden wir gleich herausfinden«, sagte Kirk und sprang auf. Sie liefen aus dem Zelt.

Vor dem Zelt wurden sie bereits von drei Stammesangehörigen erwartet, die ihnen sofort die Spitzen ihrer Schwerter an die Kehle drückten. Zwischen den Zelten fand ein erbarmungsloser Kampf statt. Alkaar selbst stand im Zentrum des Getümmels und schlug wütend mit dem Schwert um sich. Er stand zwar nicht allein, aber seine Gegner waren weit in der Überzahl. Sein Sohn war bereits gefallen. Im flackernden Licht des Lagerfeuers sah Kirk, daß Maab der Führer der Angreifer war, unter denen sich auch der Unterführer Keel befand.

Ein *Klugat* traf Alkaar in die Hüfte. Er taumelte, Blut färbte seine weiße Robe. Nur noch zwei seiner Krieger waren am Leben.

»Jim, wir können doch nicht einfach zusehen…«

»Ruhig, Pille.«

Alkaar schlug mit letzter Kraft nach seinem Bruder. Maab wich dem Schlag mühelos aus, stieß zu, und Alkaar stürzte tot zu Boden. Die beiden letzten seiner Männer ließen sich vor Maab auf die Knie fallen und baten um Gnade.

Die drei Männer, die Kirk, Spock und McCoy bewachten, stießen sie vorwärts. Maab schickte Keel und einen anderen Mann in das Zelt, das bisher Alkaar gehört hatte. Dann wandte er sich mit einem überlegenen Lächeln Kirk zu.

»Es war klug von Ihnen, sich nicht in unsere Angelegenheiten einzumischen«, sagte er.

»Wir hätten uns eingemischt, wenn wir dazu in der Lage gewesen wären«, sagte Kirk. »Wir haben etwas gegen Mord.«

»Wieso Mord?« sagte Maab erstaunt. »Ich habe meinem Bruder nur zu einem ehrenvollen Tod verholfen.«

»Sie können es nennen, wie Sie wollen«, sagte Kirk. »Für mich war es Mord. – Noch etwas: Wir haben unsere Waffen Alkaar übergeben und nicht Ihnen. Ich verlange sie zurück.«

Maabs Antwort war vorauszusehen; aber es kam nicht dazu. Weil in diesem Augenblick Alkaars Frau Eleen von Keel und einem anderen der Mörder aus dem Zelt des toten Häuptlings herausgetrieben wurde. Sie war in panischer Angst, und die Angst wuchs zum Entsetzen, als sie die Leiche ihres Mannes ah. Maab stieß sie mit dem Schwertknauf zu Boden. Sie fiel in die noch heiße Asche des Feuers.

Sie schrie auf, teils vor Schmerz, teils aus Angst vor dem Schwert, das Maab drohend erhoben hatte. Mit einem Sprung war Kirk bei ihm, packte ihn am Handgelenk und drehte es mit hartem Ruck herum. Das Schwert klirrte zu Boden. McCoy kniete sofort neben der Frau. Spock hob Maabs Schwert auf.

Vulkanier sind sehr rationale Menschen; aber sie waren noch in jüngster Vergangenheit eine Rasse von Kriegern.

Spock mit einem Schwert in der Hand war ein Anblick, der selbst den Ceranern Furcht einjagte. Nur sehr zögernd und vorsichtig kamen sie näher.

Und dann, als McCoy Eleen vorsichtig aufhob, um ihren verbrannten Arm zu untersuchen, riß sie sich mit einer heftigen Bewegung los und starrte den Arzt mit einem Ausdruck des Ekels an.

»Was haben Sie denn«, sagte McCoy verblüfft. »Ich will Ihnen doch nur helfen.«

»Und haben sich damit selbst zum Tode verurteilt«, sagte Maab langsam. »Ich hätte Sie gehen lassen. Aber jetzt...«

»Reden Sie keinen Unsinn«, sagte Kirk. »Einen bewaffneten Mann, der sich verteidigen kann, umzubringen, ist Ihre Sache, aber wenn Sie eine wehrlose Frau töten, so ist das ein Verbrechen, dem ich nicht tatenlos zusehe. Was wollen Sie eigentlich noch? Sie sind jetzt Häuptling der Stämme. Daran kann auch sie nichts ändern. Warum wollen Sie sie also ermorden?«

»Sie sind es, der Unsinn redet. Raal ist tot; aber das Kind, das sie trägt, ist auch ein Nachkomme Alkaars. Es muß ebenfalls sterben, bevor ich Häuptling werden kann. Außerdem, Captain, darf eine Frau nur von ihrem Ehemann berührt werden. Für jeden anderen steht darauf die Todesstrafe. Ich habe Eleen nicht berührt; aber dieser Mann dort...«

»Wir unterstehen nicht Ihren Gesetzen. Wenn Sie Klagen gegen uns vorzubringen haben, müssen Sie sie an das Flotten-Kommando der Föderation richten, das Ihre Klage in Angleichung an Ihre und unsere Gesetze abwägen wird.«

»Wir wissen, zu wessen Gunsten die Entscheidung fallen würde«, sagte Maab spöttisch lachend. »Hier gelten unsere Gesetze, und nur unsere.«

»Unser Schiff wird einen Kommando-Trupp herunterschicken, wenn wir uns nicht melden«, sagte Spock und richtete die Spitze des

Schwerts auf Maabs Nasenwurzel.

Maab verzog keine Miene. »Das glaube ich nicht«, sagte er mit einem hinterhältigen Grinsen, »ich vermute, sie werden mit sich selbst genug zu tun haben.«

Kirk und Spock wechselten einen raschen Blick. Jeder wußte, was der andere dachte. Mit dieser einen, völlig überflüssigen Bemerkung hatte Maab sie wissen lassen, daß es hier um mehr ging, als um eine Stammesfehde – offenbar um viel mehr.

Und jetzt kam die härteste Prüfung für die drei Männer: angesichts des Todes zu warten, was es war.

Im Gästezelt, das jetzt ihr Gefängnis war, saßen Kirk, Spock und McCoy um den Tisch, an dem sie noch vor kurzem so gastlich bewirtet worden waren. Jetzt standen zwei Stammeskrieger als Wachen vor dem Ausgang des Zelts. Eleen saß weit entfernt an der gegenüberliegenden Zeltwand, das Gesicht abweisend und starr. Ihr verbrannter Arm war noch immer unversorgt; aber sie hatte jede Hilfe brüsk abgelehnt, und jetzt weigerte sie sich, Schmerz zu zeigen.

McCoy stützte die Ellenbogen auf den Tisch und blickte seine beiden Kameraden niedergeschlagen an. In einer Mischung aus Englisch, Vulkanisch, Althochmarsianisch, Mediziner-Latein und Griechisch – der Sprachmischung, die zur Programmierung einfacher Computer verwandt wurde – sagte er: »Maab behauptet immer noch, daß er uns gehen gelassen hätte, wenn ich die junge Frau nicht berührt hätte. Aber jetzt sitzen wir anscheinend in der Tinte. Warum, glauben Sie, hat Scotty nicht schon einen Kommando-Trupp hergeschickt?«

»Nach meiner Rechnung«, sagte Spock, »hätte er das spätestens vor einer Stunde tun müssen. Es gibt keine andere Erklärung, als daß er wirklich andere Sorgen hat und sich Problemen konfrontiert sieht, die ihn im Augenblick mehr beschäftigen; genau, wie es Maab vorhin andeutete.«

Kirk nickte und blickte die beiden Wachen prüfend an. Dann sagte er langsam auf cereanisch: »Pille, ich glaube, du solltest dich endlich um die Frau kümmern. Der Arm sieht wirklich schlimm aus.«

Die beiden Wachen starrten ihn entsetzt an.

»Du hast recht«, sagte McCoy, ebenfalls in Cereanisch. »Schließlich können sie mich nur einmal dafür töten, daß ich sie berührt habe.«

»Mr. Spock, was halten Sie davon?«

»Ich glaube, Captain, daß wir das Risiko eingehen sollten.«

Gut. Sie verstanden einander. McCoy erhob sich. Als sein Schatten auf Eleen fiel, blickte sie erschrocken auf.

McCoy kniete sich neben sie. »Ihren Arm«, sagte er.

»Fassen Sie mich nicht an!« fauchte sie und wich zurück.

Die Wachen traten einen Schritt näher. McCoy griff nach Eleens Arm. Augenblicklich wurde sie zu einer kratzenden, beißenden Wildkatze. Und – daran hatten die drei Männer in ihrem hastig gefaßten Plan nicht gedacht – sie schrie gellend. McCoy hielt ihr den Mund zu.

Und diese Berührung war es, die die beiden Wachen zum Eingreifen veranlaßte. Sie stürzten auf McCoy zu. Dabei wandten sie Kirk und Spock drei Sekunden lang den Rücken zu. Und drei weitere Sekunden später lagen sie bewußtlos am Boden.

Während Spock ihnen die Waffen abnahm, beugte sich Kirk zu der jungen Frau, die McCoy immer noch festhielt.

»Hören Sie, Eleen«, sagte er eindringlich. »Wir werden jetzt fliehen. Wenn Sie wollen, lassen wir Sie hier zurück. Aber wir nehmen Sie auch gern mit uns. Vielleicht – es ist ein großes Vielleicht, zugegeben – können wir Sie sicher auf unser Raumschiff bringen.« Er blickte ihr in die Augen. »Sie haben die Wahl. Wollen Sie mitkommen?«

Vorsichtig löste McCoy die Hand von ihrem Mund, bereit, beim leisesten Ansatz zu einem neuen Schrei sofort wieder zuzudrücken. Aber die Frau starrte ihn nur wütend an. Schließlich sagte sie: »Sie haben mich entehrt. Aber ich hänge trotzdem am Leben. Ich werde mit Ihnen gehen.«

McCoy wollte ihr beim Aufstehen helfen; aber sie schüttelte seine Hand angewidert ab, trat einen Schritt zurück und wartete, ohne die drei Männer noch eines Blicks zu würdigen, bis Spock die Waffen der beiden Wachen verteilt hatte. Die Schwerter gab er Kirk und McCoy. Er selbst nahm sich einen *Klugat.*

»Und jetzt«, sagte Kirk, »werden wir uns unsere Phaser und Kommunikatoren holen.«

Aber das war leichter gesagt als getan. Draußen saßen die Männer des Stammes um das neu angefachte Feuer. Maab stand vor der Versammlung, und Keel stand einige Schritte hinter ihm. Kirk und Spock pirschten sich lautlos an die Rückwand von Alkaars Zelt heran, schnitten die Leinwand auf und krochen hinein.

Während sie nach ihren Waffen suchten, hörten sie Maabs Stimme:

»... und nur die Frau ist noch am Leben. Aber auch sie wird sterben; und nicht nur wegen des Kindes, das sie trägt...«

Zustimmendes Gemurmel.

Kirk riß einen Teppich von einer Truhe. Die Gürtel mit den Kommunikatoren lagen noch darin; aber die Phaser waren verschwunden. Irgendeiner dieser Primitiven wußte also genau, daß es sich im Unterschied zu den Sendegeräten um Waffen handelt. Das war überaus seltsam. Sollte...?

Kirk und Spock hatten gerade begonnen, weiterzusuchen, als sie vor dem Zelt Schritte und Gespräche vernahmen, und eine Sekunde später steckte McCoy den Kopf ins Zelt.

»Jim«, flüsterte er drängend. »Die Versammlung ist zu Ende. Sie werden gleich merken, daß wir verschwunden sind, und dann...«

Wie zur Bestätigung erklang ein lauter Alarmruf.

Die drei Männer und Eleen stolperten durch Buschwerk und Gestrüpp, bis das Licht des Feuers und der Fackeln kaum noch zu sehen war. Kirk winkte den anderen zu, anzuhalten. Nachdem sie in dem dünnen Buschwerk in Deckung gegangen waren, schaltete er seinen Kommunikator ein.

»Kirk an *Enterprise* – Kirk an *Enterprise*. – Hören Sie mich, Scotty? – Kirk an Enterprise...«

Keine Antwort. Hatte man das Gerät beschädigt? Kirk nahm Spocks Kommunikator; aber das Resultat blieb das gleiche.

»Die Geräte sind in Ordnung«, sagte Spock. »Es sieht so aus, als wäre die *Enterprise* außer Reichweite.«

»Außer Reichweite?« sagte McCoy überrascht. »Wo soll sie denn sein?«

»Eine Beantwortung dieser Frage wäre reine Spekulation, Doktor. Viel wichtiger ist die Frage: Was sollen wir tun, bis das Schiff zurückkehrt?«

»Vor den *Makeen* kann man sich nicht verbergen«, sagte die junge Frau plötzlich.

»Was sind denn *Makeen?«* fragte Kirk.

»Es gibt Legenden über einen Clan von Attentätern unter den Stämmen des Planeten Ceres«, sagte Spock. »Es ist eine Geheimgesellschaft, die außerhalb der Gesetze steht.«

»Sie steht nicht außerhalb der Gesetze«, widersprach Eleen. »Sie ist ein Teil unserer Gesellschaft. Es gibt immer wieder die Notwendigkeit, jemanden töten zu müssen.«

»Zum Beispiel Verbrecher wie uns?« fragte Kirk. »Oder ›Verräter‹, wie Ihren Mann? – Oder Sie?«

»Ich nicht«, erwiderte sie hart. »Es geht nur um Alkaars Kind, das ich trage. Ich habe es nicht gewollt. Und ich würde es mit eigenen Händen umbringen, wenn ich damit mein Leben retten könnte.«

McCoy packte sie am Handgelenk. »Jetzt hören Sie mir mal gut zu, Kleine! Sie werden weder Ihr Kind noch sonst irgend jemanden umbringen. Solange ich da bin, werde ich es zu verhindern wissen. Wir wollen Sie *und* Ihr Kind am Leben erhalten, ob es Ihnen paßt oder nicht. Haben Sie verstanden?«

Sie riß sich los und starrte McCoy wütend und angewidert an. »Ich habe Sie verstanden. Und ich gehe mit Ihnen, weil ich so vielleicht noch ein paar Stunden leben kann. Aber schließlich werden die *Makeen* Sie doch aufspüren.«

»Vielleicht aber auch nicht«, sagte Kirk. »Jedenfalls werden wir alles tun, um es zu verhindern.«

Als der neue Tag anbrach, wußten sie, daß sie verfolgt wurden. Kirk bedauerte, daß es hell wurde. In der Dunkelheit hatten sie die Bewegungen ihrer Verfolger an ihren Fackeln deutlich erkennen und ihnen ausweichen können.

Der neue Tag fand sie in einem rauhen Bergland. Im Hintergrund erhob sich eine hohe, unüberwindliche Gebirgskette. Es war kalt und trostlos, und auch die Strahlen der Sonne brachten kaum Wärme. Der Weg, dem sie folgten, schien ziellos kreuz und quer durch das Land zu führen. Kirk hoffte, daß es überhaupt ein Weg war und nicht nur ein Wildpfad.

Er und Spock hatten die Führung übernommen. Eleen folgte dicht hinter ihnen. Trotz ihres Zustandes war sie erstaunlich kräftig und ausdauernd. McCoy, der die Nachhut bildete, konnte kaum mit ihr Schritt halten.

Immer schwieriger und steiler wurde der Weg; Steine und Geröll ließen ihre Füße ausgleiten. Eleen stolperte und wäre gestürzt, wenn McCoy sie nicht aufgefangen hätte. Sie hatte aber noch immer soviel Energie, sich sofort wieder loszureißen.

»Bleib mit der Frau hier, Pille«, sagte Kirk. »Wir beide werden uns inzwischen etwas umsehen. Und behandle währenddessen ihren Arm. Mit Gewalt, wenn es sein muß.«

Kirk und Spock gingen weiter. Nach einer Weile führte der Weg in eine enge Schlucht. Ihre Wände waren hoch und steil.

»Hübscher Platz für eine Falle«, sagte Kirk.

»Aber er hat auch seine Vorzüge«, antwortete Spock. »Der Zugang ist eng und deshalb leicht zu verteidigen, und die Wände sind für jeden Angreifer nahezu unpassierbar.«

»Vielleicht. Und es scheint dort hinten auch einen Ausgang zu geben. Wenn wir den vorderen Zugang blockieren, würden Maabs Leute eine ganze Weile aufgehalten, und sie müßten einen weiten Umweg durch die Berge machen.«

Spock sah sich aufmerksam um. »Sie haben recht. Der Eingang ist sehr schmal, und es gibt auch genügend lockere Felsbrocken und Steine hier.«

»Was haben Sie vor?«

»Erinnern Sie sich noch an die Diskussion über die verschiedenen Möglichkeiten, einen Kommunikator im Notfall in eine Waffe zu verwandeln? In diesem Fall würde ich die Möglichkeit vorschlagen, die ich damals die ›Geräusch-Bombe‹ nannte.«

Kirk reichte ihm wortlos seinen Kommunikator; aber Spock schüttelte den Kopf. »Captain, die Chance ist nur gering. Ich müßte *zwei* Kommunikator-Signale genau synchronisieren. Wir haben aber nur drei Geräte, und...«

»Ich will nicht wissen, wie groß unsere Chancen sind. Ich bin nur daran interessiert, sie zu vergrößern. Ich hole McCoys Kommunikator.«

Er ging zurück und fand Eleens Arm verbunden.

»Gut gemacht«, sagt er anerkennend; aber McCoy blickte ihn bedenklich an.

»Jim«, sagte er, »die Frau sagt, daß ihr Baby in etwa einer Woche zur Welt kommen wird. Aber ich habe eher den Eindruck, als ob das jede Minute passieren kann.«

»Das hat uns noch gefehlt! – Aber du hast sicher schon ein paar Dutzend Kinder zur Welt gebracht.«

»Natürlich. Aber die Cereaner leben schon seit vielen Generationen hier und haben sich von ihren humanoiden Vorfahren fortentwickelt. Man nennt so etwas den ›genetischen Drift‹; wir kennen ihn in kleinen Gemeinden, in denen viel Inzucht vorkommt. Und falls ein chirurgischer Eingriff nötig werden sollte...«

»Vielleicht leben wir nicht mehr lange genug, um uns darüber den Kopf zerbrechen zu müssen. Gib mir deinen Kommunikator, Pille, und komm mit. Wir wollen Maab eine kleine Überraschung bereiten.«

Als sie die Schlucht erreichten, arbeitete Spock rasch und sicher an zwei Kommunikatoren und erläuterte dabei McCoy, was er vorhatte.

»Ich habe die beiden Geräte so aufgestellt, daß die Vibrationsrichtungen an einem labilen Punkt der Felswand zusammentreffen und dort eine Steinlawine auslösen. Die genau synchronisierten Strahlen beider Geräte sind auf eine Stelle unmittelbar *unterhalb* des lockeren Gesteins gerichtet. Dort ist der Fels noch ausreichend kohäsiv, daß die Vibration eine Art Explosion auslösen könnte.«

»In dem Augenblick, wenn Maab und seine Männer in die Schlucht eindringen«, setzte Kirk hinzu.

»Hoffen wir jedenfalls«, sagte Spock. »Theoretisch müßte es klappen, falls das lockere Gestein sich nicht vorzeitig löst und die Strahlenenergie in Hitze umgewandelt wird. In jedem Fall aber werden die Kommunikatoren dabei zerstört.«

Kirk blickte zurück. Winzige, dunkle Gestalten erschienen auf der gegenüberliegenden Anhöhe. Diese Stammeskrieger waren eifrig wie die Bluthunde auf frischer Spur.

»Gehen wir.« Kirk und Spock schalteten die beiden Kommunikatoren ein. Die Geräte begannen zu summen, immer lauter und lauter, bis das Geräusch zu einem ohrenbetäubenden Schrillen angewachsen war. Die vier Menschen liefen eilig durch den schmalen Eingang der Schlucht.

Ein rascher Blick zurück zeigte ihnen, daß ihre Verfolger ebenfalls rannten. Das durchdringende Geräusch hatte ihnen den Standort ihres Wildes verraten.

Das Schrillen wurde unerträglich. Eleen preßte beide Hände an die Ohren. Dann stieß sie einen Schrei aus und drückte ihre Fäuste auf ihren Leib. McCoy schlang seinen Arm um ihre Taille und riß sie weiter.

Durch das grelle, schrille Geräusch dröhnte jetzt ein dumpfes Poltern, als der Fels unter den synchronisierten Strahlen der beiden Kommunikatoren zerbarst. Plötzlich erstarb das Schrillen, und nur noch das Bersten des Gesteins war zu hören. Und dann dröhnte eine Explosion. Die von den Felsen aufgestaute Energie entlud sich mit donnerndem Krachen, als ob eine Dynamitladung gezündet worden wäre. Eine Lawine von losgesprengten Felsbrocken, Steinen und Geröll stürzte den steilen Hang herab.

Maab, Keel und ihre *Makeen,* die gerade in die Schlucht drängten, blickten erschrocken auf, als sie die Lawine auf sich zustürzen sahen. Nach einer Schrecksekunde machten sie kehrt und stoben wie aufgescheuchte Hühner zurück. Aber einige von ihnen schafften es nicht und wurden unter den Steinmassen begraben.

Der Eingang zur Schlucht war versperrt. Ein riesiger Haufen von Felsen und Geröll hatte ihn zugeschüttet.

»Saubere Arbeit, Mr. Spock«, sagte Kirk anerkennend. »Und jetzt wollen wir weiter.«

»Nichts zu machen, Jim«, sagte McCoy. »Vielleicht können wir Eleen ein Stück tragen. Aber nicht mehr weit. Die Wehen haben schon eingesetzt.«

Da ihnen keine andere Wahl blieb, trugen sie Eleen zum anderen Ende der Schlucht. Sie wollten nicht riskieren, daß die *Makeen* den Spieß umdrehten und sie nun ihrerseits vom Rand der Schlucht mit Steinen bombardierten. Hinter dem Ausgang der Schlucht lag ein kleiner Talkessel, und zur Rechten verrieten grüne Büsche und ein paar Bäume das Vorhandensein von Wasser.

Kirk blickte zu den Berghängen auf. Eine bestimmte Felsformation erregte seine Aufmerksamkeit: Mehrere riesige Felsblöcke waren wie von der Hand eines Riesen wild übereinandergeworfen. Zwischen ihnen war eine enge, dunkle Öffnung. Kirk deutete mit der Hand hinauf.

»Wir könnten uns unter diese Felsen zurückziehen«, schlug er vor. »Spock, Sie bleiben hier und halten Wache, während wir die Frau hinauftragen.«

Der Erste Offizier nickte, hakte den *Klugat* vom Gürtel und wog ihn prüfend in der Hand.

Das Loch erwies sich als Eingang zu einer Höhle. Der Zugang war so eng, daß sie hindurchkriechen mußten, aber die Höhle selbst war hoch genug, um darin aufrecht stehen zu können. Sehr groß war sie allerdings nicht, und ihre Wände waren rauh und uneben. Eleen ließ sich stöhnend zu Boden gleiten und umfaßte ihren schmerzenden Leib.

»Selbst die Hebammen des achtzehnten Jahrhunderts waren besser ausgerüstet, als ich es jetzt bin«, klagte McCoy und starrte auf seine Hände. »Aber das ist nun einmal nicht zu ändern.«

»Wir sind draußen, falls du Hilfe brauchst.«

»Sei nicht so leichtsinnig mit deinen Angeboten.«

Kirk trat aus der Höhle und sah Spock mit seinem *Klugat* experimentieren.

»Eine äußerst interessante Waffe«, sagte der Erste Offizier. »Sehen Sie: Die Schneide befindet sich an der *Innenseite* der Waffe. Wenn Sie sie mit einer raschen Drehung des Handgelenks werfen...«

Das kreisende Messer wirbelte durch die Luft, und die Sonnenstrahlen ließen das Metall seiner Schneide aufblitzen. Es fuhr in ein niedriges Gestrüpp und kappte mehrere seiner Zweige, bevor es sich darin verfing und zu Boden fiel.

»Und wenn man vorbeiwirft, kommt er wieder zurück«, sagte Spock, als er die Waffe aufhob. »Sehr ökonomisch.«

»Sehr gut. Wir haben nur zwei davon. Aber ich bin mehr an diesen jungen Bäumen interessiert. Sie sehen sehr elastisch aus. Vielleicht können wir uns Bogen und Pfeile machen – wenn wir nur etwas hätten, das sich als Bogensehne verwenden ließe.«

»Hmmm«, sinnierte Spock. »Das ist wirklich ein Problem. Ich sehe auch nichts, was man dazu verwenden könnte. – Aber wir könnten uns eine noch primitivere Waffe anfertigen, die genauso gut ist: eine Pfeilschleuder.«

»Eine was?«

»Ein Stock mit eine Rille und einer kleinen Höhlung am oberen Ende. Man legt den Pfeil so in die Rille, daß seine Spitze zur Hand deutet, sein gefiedertes Ende zur Höhlung. Wenn man die Pfeilschleuder über den Kopf auf den Gegner zuschwingt, wird der Pfeil mit Wucht herausgeschleudert. Eine simple Anwendung des Hebelgesetzes.«

»Steinsplitter für Pfeilspitzen gibt es hier mehr als genug«, sagte Kirk. »Aber wir haben keine Federn.«

»Das stimmt. Aber wenn wir die Ende der Pfeile spalten und einfach ein Stückchen Stoff hineinklemmen, wird ihr Flug auch ein wenig stabilisiert. Wie bei einem Drachen. Außerdem möchte ich Sie darauf hinweisen, daß der *Klugat* die einzige Schußwaffe ist, die die Cereaner besitzen, und dessen Reichweite ist beschränkt. Unsere Pfeile reichen auf jeden Fall erheblich weiter – und sind für die Leute hier ungewohnt und deshalb sicher angsteinflößend. All diese Vorteile sind nur gering – aber wir müssen sie uns zunutze machen.«

»Sie haben völlig recht, Mr. Spock. Also, an die Arbeit.«

Als sie den Hang hinaufstiegen, drang ein gellender Schrei aus der Höhle.

Sie übten mit ihren Pfeilschleudern, als McCoy endlich aus dem Höhleneingang gekrochen kam und seine Hände an der Hose abwischte.

»Kommt herein«, sagte er.

Eleen lag in einer Ecke der Höhle. Ihre Robe war bis zum Knie abgerissen, um das kleine Wesen einwickeln zu können, das neben ihr auf dem Boden lag. Sie richtete sich auf, als die beiden Männer hereintraten, protestierte jedoch nicht, als Kirk und Spock sich über das Bündel beugten.

Winzige Fäuste fuchtelten ziellos hin und her, und das Neugeborene gähnte die beiden Männer ungeniert an, als wollte es ihnen sagen, daß die ganze Geschichte die Aufregung gar nicht wert gewesen wäre.

»Ein ganz normales, durchschnittliches Exemplar der Gattung Mensch, alles in allem«, sagte Spock nach einer Weile.

»Glauben Sie, Mr. Spock?« sagte McCoy müde. »Dann sehen Sie sich den jungen Mann einmal genauer an. Das ist der neue Häuptling der zehn Stämme von Ceres.«

Er nahm das Baby und legte es in den Arm seiner Mutter. Die Frau schüttelte den Kopf. »Ich will es nicht.«

»Es ist Ihr Sohn«, sagte Kirk.

»Ich will ihn nicht. Es war gut, die Frau Alkaars zu sein. Er war oberster Häuptling, und er war reich. Ich dachte, weil er alt war und schon einen Sohn hatte...«

»Es ist mir gleich, warum Sie Teer Alkaar geheiratet haben«, unterbrach Kirk sie ärgerlich. »Sie sind seine Frau geworden und haben sein Kind zur Welt gebracht, und dieses Kind ist der neue Häuptling eurer zehn Stämme. Es ist Ihre Pflicht, für ihn zu sorgen, solange Sie leben. Das ist das Gesetz Ihres Landes und auf allen anderen Planeten, die ich kenne. Und ich werde notfalls mit Gewalt dafür sorgen, daß Sie es befolgen.« Er wandte sich an McCoy. »Wann ist sie wieder transportfähig?«

»Diese Cereaner sind eine erstaunlich zähe Rasse«, sagte McCoy bewundernd. »Und diese Frau ist stark wie ein Ochse, selbst jetzt. Ich denke, daß wir morgen weitergehen können.«

»Ich möchte vorschlagen«, sagte Spock, »daß wir den Bergkamm entlang tiefer ins Land eindringen. Es wird schwierig werden, aber auch sicherer.«

Kirk überlegte den Vorschlag eine Weile. Maab vermutete wahrscheinlich, daß sie mit Rücksicht auf die Frau auf ebenem Grund bleiben würden. Vielleicht versuchte er auch, die Schlucht zu umgehen und ihnen den Weg abzuschneiden.

»Wir werden es versuchen«, sagte er. »Aber zuerst müssen wir schlafen. Pille, du brauchst deine Ruhe am nötigsten. Du übernimmst die letzte Wache. Ich nehme die erste.«

Er wachte auf, als McCoy seinen Namen rief und ihn an der Schulter rüttelte. Er setzte sich auf und sah, daß McCoy zu Spock trat und ihn ebenfalls weckte.

»Wachen Sie auf, Spock.« McCoy wandte sich wieder Kirk zu. »Jim, wir haben eine neue Sorge: Die – äh – Patientin hat ihr Kind genommen und ist auf und davon.«

»Sie ist an *dir* vorbeigeflohen?« fragte Kirk.

»Sie hat mich von hinten mit einem Stein niedergeschlagen. Die Leute hier haben offenbar nicht den geringsten Respekt vor Hebammen.«

»Seit wann ist sie fort.«

»Nach dem Stand der Sonne zu urteilen, war ich nicht länger als eine halbe Stunde bewußtlos. Ihre Spuren führen auf den Ausgang der Schlucht zu. Wenn Maabs Männer sie erwischen...«

»Ich schlage vor«, sagte Spock, »daß wir diesen Fall von nun an der Stammesgerichtsbarkeit überlassen und uns ausschließlich um unser eigenes Überleben kümmern.«

»Spock! Sie herzloser, gefühlloser...«

»Die Dame hat auch nicht gerade viel Gefühl entfaltet. Sie ist berechnend, kalt und absolut wertlos«, sagte Spock hart. »Das sollten selbst Sie einsehen können, Doktor.«

»Und was wird aus dem Kind?«

»Sie haben beide bis zu einem gewissen Grad recht«, sagte Kirk. »Zugegeben, die Dame hat wirklich sehr wenige Tugenden. Aber das Baby hat keine andere Schuld auf sich geladen, als geboren zu werden. Ich möchte dafür sorgen, daß es normal aufwachsen kann. – Gehen wir.«

Vorsichtig kehrten sie in die Schlucht zurück. Sie hielten sich dabei so hoch wie möglich am Hang. Kurz vor dem Eingang bot sich ihnen ein erstaunliches Bild:

Die *Makeen,* die die Steinlawine überlebt hatten, saßen im Kreis auf dem Boden. In der Mitte des Kreises standen Eleen und Maab. Eleen streckte dem Mann ihr Kind entgegen.

»Ich habe das Kind geboren«, sagte sie mit fester, klarer Stimme. »Es gehört dir. Tu mit ihm, was du willst.«

Maab und Keel tauschten einen erstaunten Blick. Dann fragte Maab: »Warum tust du das?«

»Weil ich leben will. Nimm das Kind, Maab – aber laß mich gehen. Das Kind interessiert mich nicht.«

Maab blickte sie eine Weile wortlos an. Dann nickte er. »Das sieht dir ähnlich, Eleen«, sagte er sarkastisch. »Komm mit.«

In diesem Augenblick richtete Kirk sich hinter seiner Deckung auf, schwang seine Pfeilschleuder und ließ sich sofort wieder zu Boden fallen. Niemand bemerkte ihn.

Der Pfeil schwirrte durch die Luft, genau auf Maab zu. Aber im letzten Augenblick änderte er seine Richtung und traf einen anderen Mann ins Bein. Stoffetzen waren doch nicht so gute Stabilisatoren wie Federn.

Der getroffene Mann schrie auf – vor Schmerz und vor Überraschung – und stürzte zu Boden. Die anderen starrten ihn verblüfft an. Spock erhob sich aus seiner Deckung und schleuderte ebenfalls einen Pfeil. Er traf Keel in die rechte Schulter, und Blut färbte seinen Burnus.

Plötzlich war McCoy unten auf dem Weg, packte Eleen von hinten und riß die aufschreiende Frau in ein Gebüsch. Die Männer begannen zu begreifen, was geschehen war, stürzten auf McCoy los. Aber ein ganzer Schauer von Pfeilen, die Kirk und Spock auf sie hinabschleuderten, stürzte sie in Verwirrung. Es war nicht so sehr die Wirkung der Geschosse, die diesen Effekt auslöste, sondern – wie Spock richtig vermutet hatte – das Ungewohnte und Unheimliche dieser unbekannten Waffe.

»Pille, komm zurück!« rief Kirk.

Er duckte sich, als Keel einen *Klugat* nach ihm schleuderte. Mit bösem Fauchen surrte die scharfe, gebogene Klinge über seinen Kopf hinweg.

Unter ihnen sah er McCoy das widerstrebende Mädchen von einer Deckung zur anderen zerren. Kirk sprang hinter einen anderen Felsblock und schleuderte wieder einen Pfeil. Diesmal schrie der Getroffene gellend auf. Er lernte allmählich, mit der Schleuder umzugehen.

Sie zogen sich langsam zurück und deckten Eleen, die durch das Baby behindert war. Spock nahm im Vorbeigehen den *Klugat* auf, den Keel nach ihm geworfen hatte. Er war nicht zu Keel zurückgekehrt, weil er gegen einen Felsen geprallt war. Eigenartigerweise folgten die *Makeen* ihnen nicht weiter.

Als sich die Männer der *Enterprise* wieder in der leichter zu verteidigenden Schlucht befanden, blieben sie stehen, um die Lage zu besprechen. Sie saßen in einer Falle, erkannten sie, und ihr kleiner Vorrat an Pfeilen war fast aufgebraucht.

»Was hatten Sie eigentlich vor?« fragte McCoy und starrte Eleen wütend an.

»Das haben Sie doch gehört«, antwortete sie kalt. »Ich wollte mein Leben retten. – Maab läßt mich gehen, um das Kind zu bekommen.«

»Wirklich? Haben Sie da nicht etwas Wichtiges übersehen? Während Sie mit ihm verhandelten, haben wir ihn überraschend angegriffen. Er hat vielleicht jetzt den Eindruck, daß Sie ihn in eine Falle locken wollten. Er wird Ihnen nie wieder vertrauen – falls er Ihnen jemals vertraut haben sollte. Er wird Sie und das Kind töten, nur um ganz sicherzugehen.«

»Und was hat Ihnen die ganze Überraschung genutzt?« sagte die Frau verächtlich. »Hier kann er uns einfach aushungern.«

Während Kirk noch über ihre Worte nachdachte, hörte er Maabs Stimme schreien:

»Captain!«

»Was ist?«

Maab kam in Begleitung von zwei seiner *Makeen* langsam auf sie zu. Die anderen Männer folgten in einigem Abstand und hielten sich sorgsam außerhalb Pfeilschußweite. Sie lernen sehr rasch, dachte Kirk bitter.

»Ein guter Kampf«, rief Maab, »aber völlig sinnlos, wie Sie sicher einsehen werden. Ich schlage vor, daß Sie sich jetzt ergeben.«

Er hatte recht, überlegte Kirk. Es blieb ihnen keine andere Wahl. »Werft eure Waffen weg«, sagte er zu Spock und McCoy. »Es sieht aus, als ob heutzutage die Kavallerie die Helden nicht mehr im letzten Moment rettet.«

Eleen rannte ein paar Schritte auf die *Makeen* zu und hielt ihnen ihr Kind entgegen. »Da, nimm ihn, Maab! Das Kind ist das einzige Hindernis auf deinem Weg zur Häuptlingswürde!«

Maab winkte zwei seiner Komplizen heran, die auf Eleen zutraten und ihr das Kind aus den Händen nahmen. »Ich gehe jetzt«, sagte Eleen optimistisch.

»Nein«, sagte Maab. »Das Todesurteil bleibt bestehen. Als Strafe für deine Untreue.«

Die Frau wich entsetzt ein paar Schritte zurück. »Nein! Nein! Ich war Alkaar niemals untreu. Es gab niemanden...«

»Wir haben Zeugen dafür«, sagte Maab mit Nachdruck. »Keel hat dich beobachtet. Er hat nur nicht gewußt, wer der Mann war, bevor er heute vom Pfeil dieser Fremden getroffen wurde. Mein Bruder ist zwar tot; aber ich bin verpflichtet, seine Ehre zu verteidigen. Richtet sie!«

»Nein! Nein!«

Eleen begann zu laufen. Die *Makeen* wichen zur Seite und schienen ihr einen Fluchtweg freimachen zu wollen. Doch plötzlich schwirrte ein *Klugat* durch die Luft. Eleen stürzte und blieb reglos liegen.

Maab blickte Kirk scharf an. »Was ist? Wollen Sie nicht wieder gegen unser Recht protestieren?«

»Ihrem Recht ist Genüge getan«, sagte Kirk und mußte gegen eine plötzliche Übelkeit ankämpfen. »Vielleicht hat sie den Tod nach euren Gesetzen sogar verdient, das will ich nicht entscheiden. Aber bei dem Kind liegt der Fall völlig anders. Es hat niemandem etwas zuleide getan.«

»Es lebt. Und ich will Häuptling der zehn Stämme sein. Das genügt.«

»Das wäre ein Unglück für Ihre ganze Rasse. Das ist die Saat für noch mehr Haß, noch mehr Blutvergießen, noch mehr Morde. Was wollen Sie eigentlich erreichen, Maab? Und wer will bei diesem Spiel noch gewinnen?«

»Sie sind ein sehr kluger Mann, Captain«, sagte Maab nachdenklich. »Sie sehen mehr als nur die Oberfläche. Nun, die Erklärung ist sehr einfach: Sie sind nicht die einzigen, die unser Gestein haben wollen. Das Klingonen-Imperium hat meinem Bruder ebenfalls ein gutes Angebot für die Schürfrechte gemacht: Reichtum, Macht und einen Sitz in der imperialen Regierung. Aber der Narr wollte um jeden Preis das Versprechen einlösen, das er der Föderation gegeben hatte. Er hatte kein Vertrauen zu den Klingonen.«

»Im Gegensatz zu Ihnen.«

»Sehr richtig. Und um zu einem Abkommen mit ihnen zu gelangen, mußte ich Häuptling werden. Ein Raumschiff der Klingonen hat Ihre *Enterprise* fortgelockt, damit Ihre Männer sich nicht einmischen und Alkaars Tod verhindern konnten. Sie hätten wir sofort freigelassen, wenn Sie nicht das Tabu gebrochen und Eleen berührt hätten. Schade, sie war Ihren Tod nicht wert.«

»Doch«, sagte McCoy. »Damals schon.«

»Wegen des Kindes, das sie trug? Das Kind wird genauso sterben wie sie. Alle Ihre Anstrengungen waren vollkommen sinnlos.«

»Dann geben Sie mir das Kind«, sagte McCoy. »Ich habe es in die Welt gebracht. Wenn Sie uns aus dieser Welt nehmen, möchte ich es bei mir haben.«

Maab zuckte die Achseln und gab einem seiner Kumpane einen Wink. Der Mann reichte das Kind McCoy. Die anderen *Makees* hoben ihre *Klugats.* Die Ähnlichkeit mit einem Erschießungskommnado war zwingend.

»Laßt die Waffen fallen!« rief eine Stimme von oben.

Es war Scotts Stimme, und er stand auf dem Rand der Schlucht. Sulu und ein weiteres Mitglied der Mannschaft standen neben ihm, auf der anderen Seite Frost und zwei weitere Männer – alle mit schußbereiten Phasern.

»Wo kommen Sie denn endlich her?« rief McCoy überrascht.

»Ich würde sagen, Doktor, daß die Kavallerie manchmal doch die Helden im letzten Moment rettet.«

Die Männer kamen den Hang herab und trieben die *Makeen* zusammen.

»Wie sind Sie dem Klingonen-Raumschiff entkommen?« fragte Maab verstört. »Es war ausgemacht, daß man Sie nicht eher durchlassen sollte, bis ich ein Zeichen...«

»Sie haben die Flucht ergriffen, als wir direkt auf sie zukamen«, berichtete Sulu grinsend. »Sie hatten uns mit falschen Notrufen fortgelockt. Aber als wir das Spiel durchschauten und ihnen direkt an die Kehle gingen... ihre Schiffe können verdammt schnell sein, das muß ich ihnen lassen.«

Scott fügte hinzu: »Ich glaube nicht, daß die Klingonen es wirklich auf einen Krieg hätten ankommen lassen. Nicht einmal, um diesem freundlichen Herrn hier einen Gefallen zu tun. Und auch nicht für Topalin-Vorkommen auf diesem Planeten.«

»Mr. Scott«, sagte Kirk, »ich weiß, daß Sie ein einfallsreicher Mann sind. Aber wie haben Sie uns hier gefunden?«

»Als wir mit dem Transporter auf den Planeten kamen und im Hauptlager der Stämme materialisierten, erfuhren wir sofort, was geschehen war. Es sind noch viele Anhänger Alkaars übriggeblieben. Sie haben uns berichtet, daß ihr in die Berge geflohen seid und von Maab und seinen Männern verfolgt würdet. Wir kehrten also an Bord des

Schiffes zurück, lokalisierten Sie mit den Sensoren und ließen uns auf die Ränder der Schlucht beamen. Gerade zur rechten Zeit, würde ich sagen.«

Plötzlich war eine rasche Bewegung hinter Maabs Rücken zu sehen. Ein Messer blitzte. Maab stöhnte auf und sank zu Boden. Sein Mörder wischte ruhig die Klinge seines Messers an seiner Robe ab und streckte es dem überraschten Kirk entgegen.

»Das war für den Verrat an Alkaar«, sagte der Mann, »und für das Komplott mit den Klingonen. Jetzt bin ich bereit, dafür zu büßen.«

»Und wer, zum Teufel, sind Sie?« rief Kirk.

»Ich«, sagte der Mann, »bin der Vater des neuen Häuptlings, den Eleen gestern geboren hat.«

Der Vertrag war unterzeichnet worden. Für die Cereaner hatte der Vater des Kindes unterschrieben, der nach einer langen Sitzung des Rates der Stämme zum Vormund des jungen Häuptlings und zum Regenten ernannt worden war. Kirk konnte sich nicht einmal vorstellen, welche komplizierte Konzepte von Stammespolitik und Stammesjustiz dieses überraschende Resultat herbeigeführt haben mochten, und er versuchte es auch gar nicht. Ihm reichte das Wissen, daß dieser Mann sich verpflichtet hatte, für das Kind zu sorgen und seine Interessen zu vertreten, bis es mündig wurde.

Die letzte Überraschung war die Namensgebung des Kindes. Sein Vater nannte es Leonhard James Alkaar.

Spock war der Überzeugung, daß McCoy und Captain Kirk mindestens einen Monat lang unerträglich stolz sein würden.

Spock läuft Amok

Es war natürlich Schwester Christine Chapel, die als erste merkte, daß mit Spock etwas nicht in Ordnung zu sein schien. Nichts Ernsthaftes – er aß nur nichts mehr. McCoy, der sich ihn etwas genauer ansah, konnte auch nichts feststellen, außer einer ständig wachsenden Anspannung, ein Symptom, das er vielleicht als ›Nervosität‹ bezeichnet hätte, wenn Spock nicht zur Hälfte Vulkanier gewesen wäre. Also hielt McCoy seine Diagnose für rein subjektiv und falsch.

Aber das stimmte nicht. Am dritten seiner Fasttage versuchte Schwester Chapel, den Ersten Offizier mit einer giftgrünen Brühe, die Plomik-Suppe genannt wurde und auf dem Planeten Vulkan als besondere Delikatesse galt, zum Essen zu verführen. Spock warf ihr die Suppenschüssel nach.

Das gab für Dr. McCoy den Anstoß, Spock einen Tag nach diesem Zwischenfall – er versuchte eine Routine-Untersuchung vorzutäuschen – zu einer gründlichen medizinischen Inspektion zu bitten.

Der immer höfliche, logische und jeder Gefühlsaufwallung unfähige Offizier erwiderte ihm schlichtweg: »Hören Sie endlich auf, Ihre Nase in meine Angelegenheiten zu stecken, Doktor, oder ich breche Ihnen das Genick. Verflucht noch mal!«

Trotz seines geistigen Zustandes – wie immer er sein mochte – wußte Spock sehr genau, daß diese Zwischenfälle bestimmt zur Meldung gebracht werden würden. Er kam einer Ehrengerichtsverhandlung zuvor, indem er um Urlaub auf seinem Heimatplaneten nachsuchte. Beim derzeitigen Kurs der *Enterprise,* betonte er, würde ein Umweg nach Vulkan nur 2,8 Lichttage ausmachen.

Kirk mußte ihm die Bitte leider abschlagen. Während der vielen Jahre, die er Spock kannte, hatte der Erste Offizier noch nie um Urlaub gebeten und sogar den ihm zustehenden Urlaub nicht genommen. Er hatte Anrecht auf über sechs Monate nicht genommenen Urlaub, aber die *Enterprise* befand sich auf dem Weg zur Regierungsantrittsfeier des Präsidenten von Altair Sechs; das war zwar kein wirklich dringlicher Auftrag, doch Kirk hatte Befehl, sich auf dem schnellsten Weg dort einzufinden, und deshalb keine Zeit für Umwege. Kirk erklärte Spock, daß Altair Sechs ein sehr angenehmer Planet sei und daß er dort jederzeit und so lange er wolle Urlaub haben könnte. Spock lehnte das Angebot schroff ab, sagte, daß ihn dieser Scheißplanet nicht im geringsten interessiere.

Damit hätte die Angelegenheit eigentlich erledigt sein sollen. Aber knapp sechs Stunden später, kurz nach der Wache des Ersten Offiziers, entdeckte Kirk zu seiner Verblüffung, daß der Kurs des Schiffs auf Befehl Spocks in Richtung auf den Planeten Vulkan geändert worden war.

Kirk übergab Scott das Kommando, verließ die Brücke und eilte in Spocks Kabine.

Er war bisher nur selten dort gewesen, zwang sich aber trotzdem, sich nicht genauer umzusehen. So bekam er nur den vagen Eindruck eines Raums, der sparsam und irgendwie orientalisch eingerichtet war; das Quartier eines Kriegers im Feld. Spock saß an seinem Schreibtisch und blickte auf einen kleinen Bildschirm. Er schaltete ihn aus, als er ihn hereinkommen hörte, und Kirk erhaschte nur einen flüchtigen Blick auf die Darstellung eines Gesichts; das Gesicht eines sehr jungen Mädchens, fast noch ein Kind.

»Nun, Mr. Spock?«

»Nun, Captain?«

»Ich verlange eine Erklärung! Warum haben Sie den Kurs ändern lassen?«

»Sir?«

»Sie haben Kurs auf Vulkan nehmen lassen. Ich möchte den Grund dafür wissen.«

Spock runzelte die Stirn. »Ich habe den Kurs wechseln lassen?«

»Streiten Sie es ab?«

»Nein«, sagte Spock leise. »Auf keinen Fall. Es ist... durchaus möglich.«

»Aber warum haben Sie es getan?«

»Captain«, sagte Spock, »wenn Sie mir sagen, daß ich es getan habe, so glaube ich Ihnen das. Aber ich weiß nicht, warum ich es getan habe; und ich erinnere mich auch nicht, es getan zu haben.« Er blickte Kirk gerade in die Augen und richtete sich auf. »Und deshalb bitte ich Sie, mich in die Arrestzelle einzuschließen – wo ich niemanden sehen und von niemandem gesehen werden kann.«

»Aber warum, Spock?«

»Bitte, Captain, sperren Sie mich ein. Ich wünsche nicht, gesehen zu werden. Ich kann nicht... als Vulkanier kann ich Ihnen nicht mehr Erklärungen geben.«

»Spock, ich will Ihnen doch helfen.«

»Dann stellen Sie mir bitte keine weiteren Fragen!« schrie Spock. »Ich werde jedenfalls nicht mehr antworten!«

»Wie Sie wollen», sagte Kirk ruhig. »Ich werde Ihrem Wunsch nachkommen. Aber vorher melden Sie sich bei Dr. McCoy. Er wartet schon auf Sie.«

»Ich begreife vor allem nicht, wie Spock in diesem Zustand überhaupt noch leben kann«, sagte McCoy. »Er hat eine normale Pulsrate von 240 Schlägen pro Minute und so gut wie gar keinen Blutdruck – wenn man das grüne Zeug in seinen Adern überhaupt Blut nennen kann. Aber das ist nur Spock unter normalen Umständen. So wie es jetzt aussieht, fürchte ich, daß er sterben wird, wenn wir ihn nicht in spätestens acht Tagen zum Vulkan bringen. Vielleicht bleiben uns auch nur sieben Tage.«

»Du sagst, sonst muß er sterben? Aber warum das? Was ist eigentlich mit ihm los?«

»Das weiß ich auch nicht. Alles, was ich dir sagen kann, ist, daß seine gesamten Körperfunktionen in zunehmendem Maß durcheinandergeraten, ähnlich als ob in deinem oder in meinem Körper ständig riesige Mengen von Adrenalin in den Kreislauf gepumpt würden. Spock weigert sich, den Grund dafür zu nennen. Aber wenn das nicht sehr bald behoben wird, werden die physischen und psychischen Belastungen ihn umbringen.«

»Bist du sicher, daß er weiß, worauf das zurückzuführen ist?«

»Ja. Aber er weigert sich, es mir zu sagen.«

»Ist er jetzt in Einzelhaft, wie er es gewünscht hat?«

»Ja, Jim. Und... mach ihm bitte keine Vorwürfe. Es ist schrecklich, es auszusprechen, aber... ich fürchte, er ist verrückt geworden.«

»Ich werde auf jeden Fall nach ihm sehen. Was kann ich denn sonst für ihn tun? Es *muß* doch irgendeine Lösung geben.«

»Wahrscheinlich», sagte McCoy. »Aber sei vorsichtig, Jim.«

»Mr. Spock«, sagte Kirk sanft und zwang sich zur Ruhe. »McCoy hat mir über Ihren erschreckenden Gesundheitszustand berichtet.«

Spock antwortete nicht. Reglos, das Gesicht abgewandt, starrte er in eine Ecke der Zelle.

»Spock, er hat gesagt, daß Sie sterben müssen, wenn man nicht bald etwas unternimmt. Aber was? – Ist es etwas, das nur auf Ihrem Planeten möglich ist?«

Keine Antwort.

»Mr. Spock. Man nennt Sie den besten Ersten Offizier der ganzen Flotte. Sie sind mir unersetzlich. Und wenn ich Sie schon verlieren muß, dann will ich wenigstens wissen, warum.«

Spock hob den Kopf, und dann sagte er mit leiser, kaum hörbarer Stimme: »Das ist eine Sache, die niemand, der von draußen stammt, verstehen kann. Mit Ausnahme der wenigen, die es direkt betrifft. Ein Vulkanier versteht es; aber selbst wir sprechen untereinander nicht darüber. Es ist eine sehr persönliche Angelegenheit, Captain. Wollen wir es nicht dabei belassen?«

»Das kann ich nicht«, sagte Kirk fest. »Es geht hier um unser Schiff, Mr. Spock, um unsere Aufgabe, um unsere Pflichten. Ich muß Sie um eine genaue Erklärung bitten, Mr. Spock. Das werden Sie doch verstehen.«

»Captain, es gibt Dinge, die nicht unter die militärischen Disziplinargesetze fallen.«

»Das mag manchmal vielleicht zutreffen. Aber für mich stehen die Gesundheit und die Sicherheit meiner Besatzung an allererster Stelle. – Und wenn ich Ihnen mein Wort gebe, daß alles, was Sie mir sagen, unter uns bleibt?«

Spock zögerte lange. Schließlich aber sagte er: »Es handelt sich ... um ...«

Das letzte Wort war unverständlich. Kirk sagte: »Um was?«

»Um Biologie.«

»Um was für eine Biologie?«

»Um vulkanische Biologie.«

»Sie meinen die Biologie der Vulkanier? Biologie gleich Fortpflanzung und so weiter? Verdammt, deswegen braucht man sich doch nicht zu genieren. Das tun doch alle zweigeschlechtlichen Wesen im Universum.«

Spock starrte zu Boden. »Das mag sein, aber es sind eben keine Vulkanier. Wenn sie es wären – wenn irgendein anderes Lebewesen im Universum so unerbittlich logisch wäre wie wir – und wenn man ihnen dann die Logik fortreißt, wie es mir jetzt geschieht ...«

Kirk wartete.

»Wissen Sie eigentlich, wie Vulkanier ihre Partner finden, Captain?« fragte Spock. »Haben Sie nicht manchmal darüber nachgedacht? Sie haben bestimmt auch die Witze darüber gehört, wie wir füreinander ausgesucht werden, nicht wahr? Wir sind ja so gefühllos, so stolz, so hochnäsig, daß wir diese Art von Witzen direkt herausfordern.«

»Ja, ich habe davon gehört«, sagte Kirk. »Aber lassen wir die Witze einmal beiseite. Ich vermute, wie alle anderen, daß es sich auf eine sehr logische Art vollzieht, nach eugenischen Gesichtspunkten vielleicht.«

»Ganz und gar nicht. Deshalb umgehen wir es ja mit einem dichten Schleier von Ritualen und Bräuchen. Ihr Erdenmenschen habt ja keine Ahnung, was in dieser Zeit in uns vorgeht. Es raubt uns den Verstand, unsere Logik zerbröckelt. Es kommt wie ein Wahnsinn über uns, der die dünne Tünche der Zivilisation von der Oberfläche reißt.« Spock beugte sich vor, sein Gesicht war schmerzverzerrt. »Das ist die *pon farr* – die Brunftzeit. Verstehen Sie jetzt?«

»Aber Sie sind doch kein Lachs oder Aal, Mann! Sie sind...«

»Zur Hälfte Erdenmensch«, brachte Spock den Satz zu Ende. »Ich hatte gehofft, daß das irdische Erbe mir das ersparen würde. Aber das vulkanische Blut ist stärker. Es drängt mich nach Hause, um mir eine Frau zu nehmen, nach Art der Vulkanier. Oder zu sterben, wie Dr. McCoy gesagt hat.«

»Guter Gott!« stöhnte Kirk. Er spürte einen Krampf im Magen und einen Kloß im Hals. Er konnte sich vorstellen, was Spock dieses Geständnis gekostet hatte.

Gab es denn gar keinen Ausweg? Drei Sternenschiffe sollten an der Einführungszeremonie teilnehmen. Die *Enterprise*, die *Excalibur* und die *Endeavour*. Und keines der beiden anderen war nahe genug, um Spock rechtzeitig zum Vulkan bringen zu können.

Es war zwar nicht unbedingt notwendig, daß drei Sternenschiffe an der Zeremonie teilnahmen; aber er hatte seine Befehle. Wenn er sie nicht befolgte, würde ihn das Flotten-Kommando einem peinlichen Verhör unterziehen, und er könnte als Begründung nur anführen: *Tut mir leid, meine Herren, mein Erster Offizier war in der Brunft!* Heilige Andromeda! – Aber zum Teufel damit! Kirk verdankte Spock sein Leben. Und nicht nur einmal, sondern mindestens ein halbes Dutzend Mal. Das war ihm seine Karriere wert. Kirk trat an die Bordsprechanlage.

»Mr. Chekov, hier Kirk. Behalten Sie Kurs auf Vulkan bei. Geschwindigkeit Sol acht.«

»Ja... jawohl, Sir«, stotterte Chekov verblüfft.

»Ende!«

»Captain«, sagte Spock leise.

»Ja, Mr. Spock.«

»Zu dieser Zeit geschieht mit uns Vulkaniern etwas... etwas, das fast an Wahnsinn grenzt... ein Wahnsinn, den Sie ohne Zweifel widerlich finden müssen.«

»So? Muß ich das? Sie haben ja auch bei meiner Art von Wahnsinn immer Geduld aufgebracht.«

»Würden Sie dann ... würden Sie dann mit mir auf den Vulkan kommen? Wir haben da eine kurze Zeremonie, bei der die engsten Freunde des Mannes anwesend sein müssen.«

»Ich danke Ihnen, Mr. Spock.«

»Ich glaube, daß auch Dr. McCoy den wahren Grund erkannt und trotzdem selbst Ihnen gegenüber geschwiegen hat. – Ich möchte auch ihn gern bei mir haben.«

»Ich denke«, sagte Kirk langsam, »es wird ihm eine große Ehre sein.«

Die drei Männer traten in den Transporterraum, und Sekunden später befanden sie sich in einem fast völlig ebenen Talkessel. Die Felswände wirkten halb natürlich, halb künstlich, als ob Wind und Regen so etwas wie Stonehenge hätten modellieren wollen. In der Mitte des Talkessels stand ein Tempel – zwei hohe Steinbögen, eine offene Feuergrube, und mehrere große Glocken aus einem jadeartigen Material, die von dem sanften, heißen Wind zum Klingen gebracht wurden. Der Boden des Tals bestand aus lockerem Sand.

»Das ist mein Land«, sagte Spock, »das Land meiner Familie. Seit über zweitausend Erdjahren ist es in unserem Besitz.« Er deutete auf den Tempel. »Das ist das *Koon-ut-Kal-if-fee,* das heißt: ›Der Ort der Hochzeit und der Herausforderung‹. Früher, vor langer, langer Zeit, haben wir getötet, um unsere Frauen zu erobern. Aber es ist immer noch schrecklich genug. – Vielleicht ist es der Preis, den wir dafür zahlen, für den Rest unseres Lebens völlig frei von Gefühlen zu sein.«

»Es geht mich zwar nichts an«, sagte McCoy schüchtern, »aber ich denke ...«

»Sie sind mein Gast, Doktor.«

»Also gut. Sie haben uns erklärt, daß diese T'Ping, die Sie jetzt treffen werden, schon einmal Ihre Frau gewesen ist.«

»Durch Vermittlung unserer Eltern. Eine reine Formalität. Wir waren damals sieben Jahre alt. Bei der Zeremonie berührt man einander so, wie Sie mich schon die Gedanken anderer Männer erfühlen gesehen haben. Auf diese Weise sind unsere Gedanken miteinander verbunden – damit wir zu gegebener Zeit zum *Koon-ut-Kal-if-fee* gehen können.«

Von irgendwo klang eine Glocke, und ihr Ton harmonierte mit den Klängen der Jade-Glocken im Tempel, und plötzlich erschienen mehrere Gestalten zwischen den Felsen. Es waren acht oder zehn. Voraus schritten vier Vulkanmänner, die jemanden in einer reichverzierten Sänfte trugen. Die anderen Mitglieder der Prozession trugen Standarten, die mit hellfarbenen Fähnchen und Dutzenden von winzigen Glöckchen geschmückt waren.

Als sie näher herankamen, sah Kirk, daß in der Sänfte eine alte Frau von immens autoritärem Aussehen saß. Als die Sänfte abgesetzt wurde und sie ausstieg, erkannte er in ihr eine der führenden Persönlichkeiten des Planeten Vulkan. T'Pau war der einzige Mensch, der je einen Sitz im Rat der Föderation abgelehnt hatte. Charakteristischerweise hatte Spock nie davon gesprochen, daß seine Familie ein solches Gewicht besaß.

Neben ihr schritt die Braut, kein Kind mehr, sondern eine schlanke, unglaublich schöne Frau. Hinter ihr ging ein hochgewachsener, muskulöser und recht gut aussehender Vulkanier. Und ihm folgte ein etwas kleinerer, aber sehr kräftig wirkender Mann, der eine vulkanische Streitaxt auf der Schulter trug. Die anderen folgten ernst und würdevoll diesen drei Hauptpersonen.

Spock wandte sich um und schritt zu einer der großen Jade-Glokken. Er nahm einen Stein und schlug damit auf die Glocke. Ihr tiefer, sonorer Klang wurde mit einem heftigen Geklingel der Bannerglokken beantwortet. T'Ping setzte sich auf einen behauenen Stein unter dem Torbogen des Tempels. T'Pau stand vor dem Tempel, ihm und T'Ping den Rücken zukehrend. Der muskulöse junge Vulkanier stand neben dem Pfeiler des Rundbogens. Die anderen hielten sich hinter ihnen.

Mit einer plötzlichen Bewegung hob T'Pau beide Arme. Spock trat vor sie hin und verneigte sich tief. Sie legte ihm beide Hände auf die Schultern, als ob sie ihn segnen wollte, und blickte dann Kirk und McCoy an.

»Spock, sind unsere Zeremonien für Menschen aus anderen Welten bestimmt?«

»Sie sind meine Freunde«, sagte Spock leise, »und ich bin berechtigt, meine Freunde einzuladen. Ihre Namen sind Kirk und McCoy. Ich verbürge mich mit meinem Leben für ihr Verhalten.«

»Gut.« T'Pau wandte sich an die Träger der Glockenbanner. *»Kal-lif-fee!«*

Die Leute schüttelten die Glockenbanner. Spock wandte sich um und wollte die Glocke noch einmal mit dem Stein anschlagen. Aber im gleichen Augenblick sprang das Mädchen T'Ping auf die Füße und schrie:

»Kal-lif-farr!«

Die anderen Vulkanier stießen einen erschrockenen Schrei aus. Selbst T'Pau starrte das Mädchen verblüfft an. Spock wiederholte die Worte flüsternd, seine Brust hob und senkte sich erregt, und seine Augen wurden zu schmalen Schlitzen. T'Ping trat zu ihm, nahm ihm den Stein aus der Hand und schleuderte ihn zur Seite. Sie blickte ihn mit eigenartig verächtlichem Gesichtsausdruck an.

Der Vulkanier trat mit der Axt einen Schritt vor. Sein Gesicht wirkte gleichzeitig amüsiert und gefährlich, wie das eines erfahrenen Scharfrichters.

»He, was soll denn das?« rief McCoy. »Wenn es hier zu einer Schlägerei kommt...«

»Alles in Ordnung«, sagte die alte Frau beruhigend. »Sie hat sich für die Herausforderung entschieden.«

»Mit dem?« McCoy deutete auf den Mann mit der Axt.

»Nein. Der greift nur ein, wenn jemand Feigheit zeigt. T'Ping wird jetzt ihre Wahl treffen.« Sie wandte sich an das Mädchen: »T'Ping, bist du bereit, Besitz des Siegers zu werden, nicht nur seine Frau, sondern sein Besitz, ohne jedes Recht, ohne jeden Status?«

»Ich bin bereit«, sagte T'Ping.

»Dann triff deine Wahl.«

T'Ping schritt in königlicher Haltung in die Arena. Sie blieb vor dem hochgewachsenen Vulkanier stehen, der sie mit stolzem Lächeln anblickte. Aber sie ging weiter und wandte sich noch einmal zu T'Pau um: »So wie es seit Urbeginn unserer Geschichte gewesen ist«, sagte sie, »so wie es heute ist, und so wie es in alle Zukunft sein wird, werde ich jetzt meine Wahl treffen.« Sie wandte sich wieder um. »Ich wähle diesen Mann.«

Und sie deutete mit erhobenem Arm auf Kirk.

»Aber was...«, sagte Kirk verblüfft.

»Nein!« schrie der junge Vulkanier und sprang vor. »Ich sollte ihr Mann sein! So war es abgemacht!«

Es kam zu einer erregten Diskussion unter allen Anwesenden, und unter dem Mantel dieses Lärms fragte Kirk leise: »Was passiert, wenn ich ablehne?«

»Das weiß ich auch nicht, Jim«, erwiderte McCoy erschrocken. »Wahrscheinlich muß Spock dann mit dem jungen Mann kämpfen. Und in seinem derzeitigen Zustand kann er den Kampf nicht gewinnen. Und die ganze Atmosphäre hier deutet auf einen Kampf bis zum Ende hin – und es ist verdammt heiß hier. – Ich glaube, auch du könntest nicht gewinnen, selbst wenn du wolltest.«

»Ich habe nicht die Absicht, einen toten Ersten Offizier an Bord zurückzubringen. Und dann ist da diese alte T'Pau, die Personifikation des ganzen Planeten Vulkan. Wie würde es auf sie wirken, wenn der Kommandant eines Sternenschiffes sich aus Feigheit vor einem Kampf drückt?«

»Aber...«

»Wenn ich Spock nicht besiegen kann, werde ich den Kampf einfach abbrechen. Damit wäre meiner und Spocks Ehre zumindest Genüge getan. Vielleicht kann ich ihn auch nur bewußtlos schlagen...«

»Kroykah!« rief T'Pau, und der Lärm verstummte.

Der große, junge Vulkanier sagte: »Ich bitte um Entschuldigung«, und ging ruhig zu seinem Platz zurück.

Kirk sagte: »Ich nehme an.« Er warf seinem Ersten Offizier einen prüfenden Blick zu; aber Spock schien seine Anwesenheit völlig vergessen zu haben.

»Nach unseren Bräuchen«, sagte T'Pau, »beginnt der Kampf mit der *Lirpa.*«

Zwei Vulkanmänner traten vor. Jeder von ihnen hielt eine tödlich wirkende Waffe in der Hand. Sie bestand aus einem festen Handgriff, an dessen einem Ende eine kreisrunde, rasiermesserscharfe Klinge befestigt war. Am anderen Ende hing ein kurzer Eisenknüppel.

»Wenn beide den Kampf mit der *Lirpa* überleben«, sagte T'Pau, »wird er mit dem *Ahn-Woon* fortgesetzt. Bis zum Tod. – *Klee-et!*«

Bei diesem Kommando fuhr Spock herum und starrte Kirk an. Aus seinen Augen blitzte barbarische Wut, als er die tödliche Waffe über den Kopf hob.

McCoy trat vor. »Da machen wir nicht mit«, sagte er ruhig. »Von einem Kampf bis zum Tod war niemals die Rede, und ich...« Seine Worte erstarben, als der Vulkanier mit der Axt auf ihn zutrat und die schwere Waffe hob. McCoy riß sich zusammen und fuhr fort: »T'Pau, diese beiden Männer sind Freunde. Wenn man sie zwingt, so lange gegeneinander zu kämpfen, bis einer von ihnen tot ist, dann ist das...«

»Die Herausforderung wurde in aller Form ausgesprochen und angenommen. Keiner der beiden Gegner ist dazu gezwungen worden, sie waren freiwillig dazu bereit. Aber es steht Spock frei, die Herausforderung abzulehnen. – Spock, willst du zurücktreten?«

Spock starrte Kirk mit finsterem Gesichtsausdruck an. Er schien ihn nicht zu erkennen. Dann schrie er plötzlich mit heiserer Stimme: »*Klee-fah!*«

»Nichts zu machen, Pille«, sagte Kirk achselzuckend. »Tritt aus der Arena.«

Aber McCoy blieb standhaft. »Dann verlange ich gewisse Rücksichten auf Captain Kirk. Die Atmosphäre dieses Planeten ist für uns ungewohnt, zu heiß und erheblich dünner...«

Er brach ab, als Spock plötzlich vorsprang und mit der *Lirpa* zuschlug. Kirk wich dem Schlag aus; aber Spock schlug sofort noch einmal zu; diesmal nicht mit der Klinge, sondern mit dem anderen Ende der Waffe. Der Eisenknüppel traf Kirk leicht am Kopf. Kirk stürzte zu Boden und rollte sich sofort zur Seite. Gerade rechtzeitig, um dem tödlichen Schlag der gekrümmten Klinge auszuweichen, die sich dicht neben seinem Kopf tief in den weichen Sand bohrte.

Kirk stieß mit aller Kraft nach Spocks Beinen. Diesmal ging der Vulkanier zu Boden, und Kirk sprang wieder auf die Füße. Er war schon jetzt schweißüberströmt, und sein Atem ging in kurzen, keuchenden Stößen.

Aus dem Augenwinkel sah er den Mann mit der Axt auf McCoy zugehen. Der Arzt hielt eine Injektionsspraypistole in der Hand.

»Ich kann nicht auch auf dich aufpassen, Pille«, sagte Kirk. »Verschwinde hier, bevor du mich umbringst.«

McCoy schüttelte den Kopf. Er wandte sich an T'Pau: »Fürchten sich die Vulkanier vor einem fairen Kampf?« fragte er.

»Was haben Sie da?«

»Eine G-Vital-Injektion«, sagte McCoy, »zum Ausgleich der unterschiedlichen Temperatur und Atmosphäre.«

»Kroykah!« rief T'Pau. Es wurde sofort still.

»Gut«, sagte die alte Frau zu McCoy. »Ihre Bitte ist durchaus begründet. Sie ist gewährt.«

McCoy drückte die Mündung der Pistole an Kirks Oberarm und jagte ihm eine Injektionsnadel in den Muskel.

Als er wieder zurücktrat, ging Spock sofort auf Kirk los. Kirk wich seinem Angriff aus und schlug selbst zu. Mit dem gleichen Resultat.

Spock versuchte eine Finte und trat gleichzeitig mit dem linken Fuß nach Kirks Hand. Kirk packte den Fuß, riß Spock zu Boden und warf sich auf ihn. Aber Spock hatte sich blitzschnell zur Seite geworfen, und Kirk landete im heißen Sand.

Gleichzeitig kamen sie auf die Knie. Spock schwang die Waffe über dem Kopf, als ob er sie nach Kirk werfen wollte. Kirk spannte alle Muskeln an, um im gleichen Moment zur Seite springen zu können. Aber Spock drehte die Waffe plötzlich mit einer blitzartigen Bewegung um und warf sich auf Kirk.

Sie prallten zusammen wie zwei Maschinen, Brust an Brust, ihre freien Hände umklammerten die Waffenhand des Gegners, und sie starrten einander verbissen in die Augen. Plötzlich riß Spock den Arm Kirks zur Seite. Die *Lirpa* fiel in den Sand.

Mit zwei raschen, eleganten Schritten, wie ein Flamenco-Tänzer, war Spock auf den Beinen und stieß Kirks Waffe mit dem Fuß fort. Dann hob er seine *Lirpa*, um die scharfe Klinge in Kirks Kopf zu schlagen.

»Spock!« schrie McCoy. »Nein!«

Kirk schlug mit der Handkante auf Spocks Handgelenk. Jetzt flog auch Spocks *Lirpa* in weitem Bogen davon.

»Kroykah!« rief T'Pau.

Wieder blieb Spock wie angewurzelt stehen. Der Waffenwart lief auf die beiden Kämpfer zu und gab jedem ein einfaches Lederband, etwa einen Meter lang und zehn Zentimeter breit.

»Was soll denn das sein?« fragte Kirk erstaunt.

»Das ist ein *Ahn-Woon«*, sagte T'Pau, »die älteste und tödlichste Waffe der Vulkanier.«

Kirk betrachtete das Lederband und schüttelte den Kopf. Wie, zum Teufel, gebrauchte man dieses Ding? Für eine wirksame Peitsche war es zu kurz, und...

Spock zögerte nicht eine Sekunde lang. Er nahm einen faustgroßen Stein vom Boden auf und machte gleichzeitig aus dem Lederband eine Wurfschleuder.

Kirk begriff zu spät. Der Stein traf ihn hart vor die Brust und riß ihn rücklings zu Boden.

Als er taumelnd auf die Beine kam, stürzte Spock schon auf ihn zu. Diesmal hielt er das Lederband zwischen beiden Händen. Er schlang es um Kirks Beine und riß es mit einem scharfen Ruck zurück; wieder stürzte Kirk zu Boden.

Im selben Augenblick warf sich Spock auf seinen Rücken, schlang ihm den Lederriemen um den Hals und versuchte, ihn damit zu erdrosseln. Kirk drehte sich auf die Seite und versuchte, Spock über seine Schulter zu werfen; aber seine Muskeln schienen plötzlich zu erschlaffen. Sie waren wie gelähmt und gehorchten nicht mehr seinem Willen.

Der Druck um seinen Hals wurde stärker und stärker. Er versuchte noch einmal, nach Spocks Händen zu greifen; aber er schaffte es nicht.

Die Welt wurde dunkel, das Blut rauschte in seinen Ohren. Er hatte das Gefühl, in einen tiefen, schwarzen Abgrund zu stürzen, blind und paralysiert.

»Kroykah!« hörte er T'Paus Stimme, wie aus unendlich weiter Ferne.

Rasche Schritte kamen auf ihn zu, und dann McCoys Stimme, hart und bitter: »Lassen Sie Ihre Hände von ihm. Er ist erledigt. – Er ist tot.«

Es war alles sehr merkwürdig. Kirk konnte nichts sehen, nichts fühlen, und er war nicht einmal sicher, daß er atmete. Nur die Stimmen waren da, als ob er mit dem Rücken zur Bühne sitzend einem Schauspiel zuhörte.

T'Pau: »Ich trauere mit Ihnen, Doktor.«

Spock: »Nein! – Ich – Nein! Nein!«

McCoy: »McCoy an *Enterprise.«*

Uhura: »Hier *Enterprise,* Leutnant Uhura«

McCoy: »Bereiten Sie den Transporterraum vor, um uns an Bord zu nehmen. – So seltsam es klingen mag, Mr. Spock, aber Sie sind jetzt der Kommandant unseres Schiffes.«

Spock: »Ich – ich werde in ein paar Minuten nachkommen. Bitten Sie Mr. Chekov, den Kurs auf die nächste Flottenbasis auszurechnen, wo ich mich der Behörde stellen kann. – T'Ping.«

T'Ping: »Ja.«

Spock: »Ich bitte um eine Erklärung.«

T'Ping: »Worüber?«

Spock: »Warum die Herausforderung? Warum hast du meinen Captain gewählt?«

T'Ping: »Stonn wollte mich haben. Und ich wollte ihn.«

Spock: »Ich sehe keine Logik darin, daß du Stonn mir vorziehst.«

T'Ping: »Er ist naiv und läßt sich leicht leiten. – Ich habe mir die Möglichkeiten überlegt und bin zu folgendem Ergebnis gekommen: Wenn dein Captain gewonnen hätte, hätte er mich nicht genommen, und ich hätte Stonn haben können. Wenn du gesiegt hättest, wäre das Resultat praktisch das gleiche geblieben, weil du bald wieder fortgegangen wärst. Ich hätte deinen Namen und deinen Besitz – und Stonn wäre auch da.«

Spock: »Absolut logisch.«

T'Ping: »Danke.«

Spock: »Stonn! Sie gehört dir. Vielleicht wirst du im Laufe der Zeit erkennen, daß *besitzen* längst nicht so schön ist wie *wünschen.* Das ist zwar nicht sehr logisch, trifft aber sehr oft zu. – Hier Spock. Beamen Sie mich an Bord, Uhura. – Langes Leben und Frieden, T'Pau!«

T'Pau: »Langes Leben und Frieden, Spock.«

Spock: »Für mich wird es weder das eine noch das andere geben. Ich habe meinen Captain getötet – und meinen Freund...«

Jetzt ließ auch Kirks Hörvermögen nach, und lange Zeit nahm er überhaupt nichts mehr wahr.

Als er wieder zu sich kam, lag er im Krankenrevier des Raumschiffs, und McCoy beugte sich über ihn. Neben dem Bett saß Spock. Er hatte die Hände vor sein Gesicht gepreßt, und seine Schultern zuckten.

Jetzt trat Schwester Christine auf Spock zu, nahm ihm die Hände vom Gesicht und drehte seinen Kopf Kirk zu. Kirk lächelte matt und sagte mit leiser, aber sehr fröhlicher Stimme: »Mr. Spock, ich hätte nie geglaubt, einmal zu erleben...«

»Captain!« Spock starrte ihn völlig verwirrt an. Dann schien er sich bewußt zu werden, was sein Gesicht und seine Stimme von seinen Gefühlen verrieten, und er blickte rasch zu Boden.

»Christine«, sagte McCoy verschmitzt grinsend. »Mr. Spock sollte endlich etwas Warmes in den Magen bekommen, finden Sie nicht auch? Sie könnten ihn doch mit dieser ekelhaften Plomik-Suppe füttern. – Na los, Spock, hauen Sie schon ab. Sie wird Ihnen alles erklären.«

Christine führte den Ersten Offizier zur Tür. Aber bevor er den Raum verließ, wandte Spock sich noch einmal um und sagte: »Es ist keine ekelhafte Plomik-Suppe, es ist eine sehr gute Plomik-Suppe.«

Dann war er gegangen. Kirk und McCoy blickten ihm lächelnd nach. Kirk lehnte sich wieder zurück, blickte McCoy ernst an und sagte: »Und du, Freundchen, bist ein verdammter, hinterhältiger

Quacksalber.«

McCoy zuckte die Achseln und grinste noch mehr. »Jeder macht mal einen Fehler. Ich habe dir versehentlich Vital-D injiziert. Es war keine Lüge: Du warst wirklich klinisch tot. Ich mußte dich nur rasch an Bord zurückbringen, sonst wäre dieser Zustand womöglich permanent geworden.«

»Und was ist mit Spock?« fragte Kirk. »Kommt der wieder in Ordnung?«

»Ich denke schon. Ich werde ihn nachher gründlich untersuchen, um ganz sicher zu gehen.«

Kirk richtete sich auf. »Wo sind wir jetzt?«

»Bleib liegen«, sagte McCoy und drückte ihn in die Kissen zurück. »Wir sind immer noch auf Umlaufbahn um den Vulkan.«

Kirk griff nach dem Intercom, das auf dem Nachttisch stand, und schaltete es ein.

»Kirk an Brücke.«

»Hier Brücke, Sir«, meldete sich Sulu.

»Steuern Sie das Schiff aus der Umlaufbahn, Mr. Sulu. Der Navigator soll den Kurs auf Altair Sechs festlegen. Geschwindigkeit Sol Zehn. Sagen Sie Scotty, er soll alles aus den Triebwerken herausholen. Wir sind zur Party des Präsidenten eingeladen.«

»Jawohl, Sir. Ende.«

Als sich Kirk zurückfallen ließ, sagte McCoy säuerlich: »Weißt du, Jim, diese Feiern werden dich eines Tages wirklich umbringen.«

»Ich verlasse mich darauf, daß du mich auch dann wieder zum Leben erweckst, Pille.«

Nachwort

> Der Weltraum... Unendliche Weiten... Wir schreiben das Jahr 2200. Dies sind die Abenteuer des Raumschiffs ENTERPRISE, das mit seiner 400 Mann starken Besatzung fünf Jahre lang unterwegs ist, um neue Welten zu erforschen, neues Leben und neue Zivilisationen. Viele Lichtjahre von der Erde entfernt dringt die ENTERPRISE in Galaxien vor, die kein Mensch zuvor gesehen hat...

Als am 8. September 1966 die erste Folge einer neuen SF-Fernsehserie von NBC ausgestrahlt wurde, wurde ein neues Kapitel in der Geschichte der Science Fiction geschrieben: STAR TREK hatte seine Premiere. Zum ersten Mal war das Raumschiff ENTERPRISE mit seiner vierhundertköpfigen Besatzung unter dem Kommando von Captain James T. Kirk in den Weiten des Kosmos unterwegs, um ihrem Auftrag gemäß neue Welten zu erforschen, neues Leben und neue Zivilisationen zu entdecken. Dies war die Geburt eines Phänomens, das, auch was den weltweiten Erfolg betrifft, ein würdiger Vorläufer von Kassenschlagern wie KRIEG DER STERNE, KAMPFSTERN GALACTICA oder UNHEIMLICHE BEGEGNUNG DER DRITTEN ART war.

Die Idee zu dieser SF-Serie stammte von Gene Roddenberry, einem talentierten Schriftsteller mit einem Background als Flugpilot, der auch über eine Ausbildung als Flugingenieur verfügte. Roddenberry, der selbst ein begeisterter SF-Leser war, fand alles, was bis Mitte der sechziger Jahre im Fernsehen und Kino in diesem Genre erschienen war, unbefriedigend und war der festen Überzeugung, daß man es besser machen könnte – mit mehr Begeisterung, glaubhafteren Schauspielern und exzellenten und ideenreichen Drehbüchern. So entwikkelte er die Grundidee der Serie und die Haupthandlungsträger: den Kommandanten der ENTERPRISE, Captain James T. Kirk; den Halbvulkanier Mr. Spock, Erster Offizier und Wissenschaftsoffizier; den Bordarzt Dr. Leonard McCoy, Spitzname »Pille«; den weiblichen Nachrichtenoffizier, Leutnant Uhura; Chefingenieur Montgomery Scott, genannt »Scotty«; den Steuermann und Waffenoffizier Mr. Sulu; und den Navigator Paul Chekov – die Stammannschaft, die in nahezu jedem Abenteuer mit von der Partie ist. Mit dem Script für den Pilotfilm machte sich Roddenberry in Hollywood auf die Suche nach einem Produzenten, und nach mehreren Mißerfolgen fand er diesen schließlich in Desilu Productions Inc., die 1968 von Paramount Pictures Corporation aufgekauft wurde und für NBC arbeitete.

Die als Pilotfilm geplante Episode »The Cage« wurde jedoch nicht realisiert, da NBC sie mangelhaft fand. Ihre Grundidee wurde jedoch als Rückblick innerhalb der Episode »The Menagerie« verwendet, dem einzigen Zweiteiler der Serie. So startete STAR TREK mit der Episode »The Man Trap«, der weitere 77 Abenteuer der Crew des Raumschiffs ENTERPRISE folgen sollten. Als NBC nach zwei Saisons (Episoden 1 – 55) die Einstellung der Serie beschloß, erhob sich von Seiten der Zuseherschaft ein Proteststurm, der die Verantwortlichen des Senders zum Umdenken bewog. Doch nach dem Ende der 3. Saison kam das endgültige Aus, und auch eine neuerliche Briefkampagne konnte an dieser Entscheidung nichts mehr ändern.

STAR TREK hatte schon, als es von NBC ausgestrahlt wurde, eine große Zahl treuer Zuseher gehabt. Der eigentliche große Erfolg stellte sich aber erst ein, als die Serie in der Folge von weiteren Fernsehsendern gleichzeitig ausgestrahlt wurde. In den USA waren das rund 250 Sender, die für eine ungeheure Popularität der Serie sorgten. Eine Popularität, die bis heute ungebrochen ist. Darüber hinaus wurde STAR TREK in mehr als 50 Länder verkauft, darunter auch nach Deutschland, wo sie unter dem Titel RAUMSCHIFF ENTERPRISE lief. Allerdings wurden hierzulande nur 39 Folgen ausgestrahlt, also genau die Hälfte allen zur Verfügung stehenden Materials. Wie in den USA und in vielen anderen Ländern der Erde wurde und wird diese SF-Serie immer wieder gesendet und begeistert neue Sehergenerationen. Hand in Hand damit ging und geht ein internationales STAR TREK-Fandom, das in die Hunderttausende geht.

Mit ein Grund für den unvergleichlichen Erfolg von RAUMSCHIFF ENTERPRISE – der Erfolg der Filme führte zur Produktion von 22 STAR-TREK-Zeichentrickfilmen – ist zweifellos, daß eine große Anzahl bekannter und versierter SF-Autoren zur Mitarbeit gewonnen werden konnten. Dazu gehörten u. a. Richard Matheson, Jerry Sohl, Harlan Ellison, Theodore Sturgeon, Robert Bloch, D. C. Fontana, Max Ehrlich, Norman Spinrad, Gene L. Coon, Jerome Bixby, David Gerrold und Gene Roddenberry selbst. Zwei dieser Drehbücher wurden mit dem HUGO AWARD ausgezeichnet: »The Menagerie« von Gene Roddenberry (HUGO 1967) und »City on the Edge of Forever« (HUGO 1968); letzteres wurde auch von den Fernsehautoren zum besten Drehbuch des Jahres gewählt.

Bantam Books erwarb die Rechte an den Adaptionen zur Serie und verpflichtete James Blish dafür. Der britische SF-Autor, Jahrgang 1921, der bis zu diesem Zeitpunkt 27 Romane und Kurzgeschichtensammlungen veröffentlicht hatte, faßte immer mehrere Episoden zu einem Taschenbuch zusammen. Als Vorlage dienten ihm dabei die Drehbücher, die er gelegentlich leicht für dieses Medium bearbeitete. Die erste Sammlung mit sieben Folgen erschien im Januar 1967 und begründete den Erfolg von STAR TREK auch in diesem Medium – sie erreichte bislang mehr als 30 Auflagen. Bis zum April 1975 folgten zehn weitere Sammlungen, und das Ende lag greifbar nahe. Doch Blish war es nicht vergönnt, seine Arbeit an STAR TREK vollenden zu können, denn kurz nach dem Erscheinen von STAR TREK 11, mitten in der Arbeit an dem 12. Band, starb er an Lungenkrebs. Die Auftraggeber waren schließlich einverstanden, daß Blishs langjährige Mitarbeiterin und spätere Ehegattin J. A. Lawrence zwei Episoden für diesen Band selbst schrieb und die beiden letzten noch fehlenden um den Schwindler Harry Mudd zu einem Roman erweiterte (»Mudd's Angels«), womit die Adaption der TV-Serie komplett vorlag. Die 22 Zeichentrickfolgen wurden übrigens ebenfalls adaptiert, und zwar von Alan Dean Foster für Ballantine Books (STAR TREK LOG 1–10).

Für die vorliegende Veröffentlichung der ORIGINALABENTEUER VON RAUMSCHIFF ENTERPRISE wurde eine frühere deutschsprachige Ausgabe sorgfältig überarbeitet und die Diktion der in den deutschen TV-Folgen verwendeten angepaßt. Sosehr es im Interesse der Fans und Leser wünschenswert gewesen wäre – und auch ursprünglich geplant war –, war es aus rechtlichen Gründen nicht möglich, die Abenteuer in der Reihenfolge ihrer Ausstrahlung zu veröffentlichen. Die Angabe der Episodennummer soll es dem interessierten Leser jedoch ermöglichen, die Erzählungen in der richtigen Reihenfolge zu lesen und ihnen ihren Platz in der Chronologie zuzuordnen. Denn so werden nicht nur verschiedene innere Zusammenhänge der Serie deutlich, es kommt auch die Entwicklung der Protagonisten dabei viel stärker zum Ausdruck.

STAR TREK LIVES! – Das war der Schlachtruf der *Trekkies*, mit dem die Fans eine Fortführung der Serie forderten und diese auch in Form von bislang drei abendfüllenden Spielfilmen erhielten. RAUMSCHIFF ENTERPRISE LEBT! Das beweisen nicht nur die laufenden Neuausstrahlungen der Fernsehepisoden in aller Welt, wie Massencons der STAR-TREK-Fans, die zahllosen Publikationen zu und über diese Serie, die schon zu einem SF-Mythos geworden ist. Und RAUMSCHIFF ENTERPRISE wird weiterleben, solange es Fernsehzuschauer, Kinobesucher und nicht zuletzt Leser gibt, die Spaß an abenteuerlicher und unterhaltender Science Fiction haben.

Hermann Urbanek

Science Fiction

ASIMOV, ISAAC
Die phantastische Reise
(23436) DM 6,80
Der fiebernde Planet
(23171) DM 5,80
Radioaktiv...!
(23039) DM 5,80
Sterne wie Staub
(23016) DM 5,80
Wasser für den Mars
(23050) DM 5,80

BIGGLE, LLOYD
Verbrechen in der Zukunft
(23397) DM 5,80
Spiralen aus dem Dunkel
(23387) DM 5,80

BOVA, BEN
Das Beste aus OMNI 1
(23421) DM 5,80
Das Beste aus OMNI 2
(23422) DM 5,80
Das Beste aus OMNI 3
(23435) DM 5,80
Erstkontakt
(23416) DM 8,80
Als der Himmel Feuer fing
(23402) DM 5,80
THX 1138 – Das Drogenparadies
(23307) DM 4,80

BRANDHORST, ANDREAS
Mondsturmzeit
● (23458) DM 8,80

CHALKER, JACK L.
Der Touristenplanet
(23407) DM 5,80

CLARKE, ARTHUR C.
Die andere Seite des Himmels
(23019) DM 5,80
»2001« – Aufbruch zu verlorenen Welten
Das Logbuch der Kapitäne Clarke und Kubrick.
(23426) DM 6,80
Die sieben Sonnen
(23009) DM 5,80
Die letzte Generation
(23070) DM 5,80
In den Tiefen des Meeres
(23011) DM 5,80
Verbannt in die Zukunft
(23054) DM 5,80
Projekt: Morgenröte
(23013) DM 6,80
Inseln im All
(23006) DM 5,80
Unter den Wolken der Venus
(23083) DM 5,80
Im Mondstaub versunken
(23027) DM 5,80

COLLINS, PAUL / WILFERT, PETER (Hrsg.)
SF aus Australien
● (23410) DM 6,80

COWPER, RICHARD
Sänger am Ende der Zeit
(23406) DM 6,80

DICK, PHILIP K.
Zeitlose Zeit
(23269) DM 5,80

FARKAS, VIKTOR
Das SF-Quizbuch
1984 Fragen und Antworten aus Science Fiction und Fantasy.
● (23453) DM 7,80 (Nov. '84)
Das erste SF- und Fantasy-Quizbuch in deutscher Sprache. Wie »funktioniert« ein Schwarzes Loch? Wer ist der höchstbezahlte SF-Autor? Was ist ein Cyborg? Welche SF-Romane schrieb Karl May? Wußten Sie, daß H.G. Wells tatsächlich eine Zeitmaschine erfand?

FRANKE, HERBERT W.
Das Gedankennetz
(23021) DM 5,80
Der Elfenbeinturm
(23049) DM 5,80
Die Stahlwüste
(23062) DM 5,80
Die Glasfalle
(23041) DM 5,80
Der Orchideenkäfig
(23018) DM 5,80
Der grüne Komet
(23037) DM 5,80

FRANKE, H.W. (Hrsg.)
SF international III
● (23412) DM 6,80

GILLILAND, ALEXIS A.
Neuanfang auf Rosinante
(23448) DM 5,80
Unabhängigkeit für Rosinante
(23449) DM 6,80
Machtkampf auf Rosinante
(23450) DM 6,80

GREEN, JOSEPH
Der schlafende Gigant
(23363) DM 5,80

HEINLEIN, ROBERT A.
Die Tramps von Luna
(23359) DM 5,80
Die Leben des Lazarus Long
(23357) DM 8,80
Die grünen Hügel der Erde
(23355) DM 5,80
Bürgerin des Mars
(23354) DM 5,80
Die Ausgestoßenen der Erde
(23353) DM 5,80
Revolte im Jahre 2100
(23352) DM 5,80
Tür in die Zukunft
(23351) DM 5,80

HOGAN, JAMES P.
Die Kinder von Alpha Centauri
(23437) DM 8,80 DE

JEPPSON, J.O.
Der letzte Unsterbliche
(23430) DM 7,80

LE BLANC, THOMAS (Hrsg.)
Halley
● (23454) DM 6,80
Ganymed
Stories deutscher Autoren.
● (23440) DM 6,80
Fomalhaut
● (23425) DM 6,80
Eros
● (23417) DM 5,80
Deneb
● (23405) DM 5,80
Canopus
● (23391) DM 5,80
Beteigeuze
● (23385) DM 5,80

LOGSDON, SYD
Todesgesänge
(23446) DM 5,80

MARK, JAN
Die Welt aus Stein
(23457) DM 7,80 DE (März '85)
Zwei Literaturpreise in England für Marks erste zwei (Kinder-) Bücher. Stilistisch herausragende SF von einer Newcomerin.

MORRIS, JANET
Traumtänzer
(23418) DM 8,80
Traumschiffe
(23419) DM 7,80
Traumwelt
(23420) DM 8,80

MORROW, JAMES
Der Wein des Frevels
(23432) DM 7,80

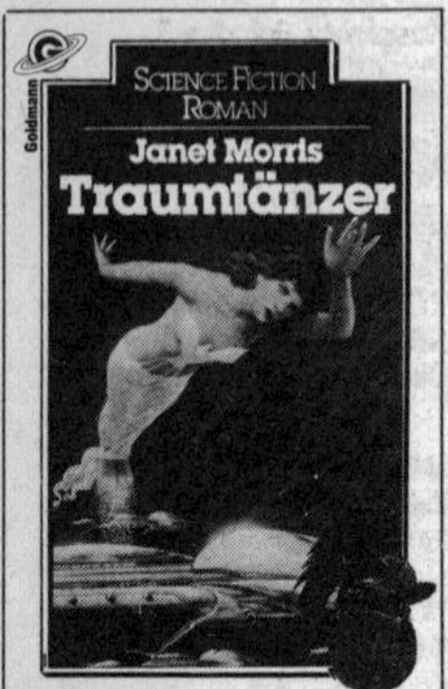

OPRITA, MIRCEA / FRANKE, HERBERT W. (Hrsg.)
SF aus Rumänien
»Die beste aller Welten«
● (23424) DM 5,80

PARRY, MICHEL / SUBOTSKY, MILTON (Hrsg.)
Sex im 21. Jahrhundert
SF-Erotika.
(23393) DM 5,80

POHL, FREDERIK
Jenseits der Sonne
(23205) DM 5,80
Sternsplitter
(23423) DM 6,80
Syzygie
(23413) DM 6,80
Der lautlose Krieg
(23392) DM 7,80
Jenseits des blauen Horizonts
(23384) DM 7,80
Jem—die Konstruktion einer Utopie
(23360) DM 6,80
Gateway
(23299) DM 5,80
Der Plus-Mensch
(23266) DM 5,80

POHL, FREDERIK / KORNBLUTH, C.M.
Die gläsernen Affen
(23224) DM 5,80

PRATCHETT, TERRY
Strata oder die Flachwelt
(23434) DM 5,80

RESNICK, MIKE
Die größte Show im ganzen Kosmos:
1: Hereinspaziert zur Monsterparty!
(23470) DM 6,80 DE (Dez. '84)
2: Applaus für die 3-beinige Stripperin!
(23471) DM 6,80 DE (Feb. '85)
3: Manege frei für fremde Bestien!
(23472) DM 6,80 DE (April '85)
Eine humorvolle Science Fiction-Serie.

SHAW, BOB
Experiment: Erde
(23433) DM 6,80

SHEFFIELD, CHARLES
Der neue Proteus
(23409) DM 6,80
Ein Netz aus tausend Sternen
(23404) DM 6,80

SILVERBERG, ROBERT
Beobachter aus dem All
(23389) DM 4,80

SIMAK, CLIFFORD D.
Raumstation auf der Erde
(23032) DM 5,80
Als es noch Menschen gab
(23036) DM 5,80

SPIELBERG, STEVEN
Unheimliche Begegnung der dritten Art
(23297) DM 5,80

STABLEFORD, BRIAN M.
Die dritte Landung
(23317) DM 5,80
Der Sonnenstaat
(23316) DM 4,80
Zurück ins Licht
(23311) DM 5,80
Die vergessene Hölle unter uns
(23308) DM 4,80
Schmetterlinge im Paradies
(23285) DM 4,80

STURGEON, THEODORE
Aus vielen Ein Horn
(23463) DM 6,80 DE (Jan. '85)
Die zentrale Kurzgeschichtensammlung Sturgeons zum ersten Mal in deutscher Sprache. Sturgeon ist der Literat unter den SF-Autoren.
Hinter dem Ende der Zeit
(23408) DM 5,80
Auf dem Floß der Zeit
(23399) DM 5,80

Fährmann ins All
(23395) DM 5,80
In einer fremden Haut
(23326) DM 5,80

SUCHARITKUL, SOMTOW
Der intergalaktische Hypermarkt
(23442) DM 6,80
Das letzte Haiku verhallt
(23427) DM 6,80
Singt dem Inquestor dunkle Lieder
(23429) DM 7,80

VARLEY, JOHN
Voraussichten
(23381) DM 4,80
Mehr Voraussichten
(23382) DM 4,80
Noch mehr Voraussichten
(23383) DM 4,80

WILFERT, PETER (Hrsg.)
Tor zu den Sternen
SF-Story-Bildband.
Im Großformat 21 x 28 cm.
● (23400) DM 19,80

WOUK, HERMAN
Das Land im Mond
(23439) DM 5,80

Abenteuerromane

CHANDLER, A. BERTRAM
Abenteuer Randwelt 1:
Grimes reist in die Unendlichkeit
(23756) DM 5,80
Abenteuer Randwelt 2:
Grimes auf El Dorado
(23757) DM 5,80
Abenteuer Randwelt 3:
Grimes macht Karriere
(23758) DM 5,80
Abenteuer Randwelt 4:
Grimes im Paradies des Todes
(23759) DM 5,80
Abenteuer Randwelt 5:
Grimes bei den Rebellen von Sparta
(23760) DM 5,80
Abenteuer Randwelt 6:
Grimes und die vergessene Kolonie
(23761) DM 5,80
Abenteuer Randwelt 7:
Grimes und die Liebesdroge
(23762) DM 6,80
Abenteuer Randwelt 8:
Grimes und das Schiff aus Gold
(23763) DM 6,80
Abenteuer Randwelt 9:
Grimes gegen die Piratenkönigin
(23764) DM 5,80
Abenteuer Randwelt 10:
Grimes in gefährlicher Mission
(23765) DM 5,80 DE (Dez. '84)
Abenteuer Randwelt 11:
Grimes als Gladiator
(23766) DM 5,80 DE (Feb. '85)
Abenteuer Randwelt 12:
Grimes, Freibeuter des Weltraums
(23768) DM 6,80 DE (April '85)
Die größte Abenteuerserie in der SF von einem Autor. Grimes, Kapitän Hornblower des Weltraums in drei neuen Abenteuern.

DALEY, BRIAN
Tron
Abenteuerroman zum Film.
(23755) DM 6,80
Han Solo und das verlorene Vermächtnis
(23747) DM 5,80
Han Solos Rache
(23746) DM 5,80
Han Solo auf Stars'End
(23745) DM 5,80

LARSON, GLEN A./ THURSTON, ROBERT
Kampfstern Galactica
(23748) DM 5,80
Kampfstern Galactica 2
Die Todesmaschine von Cylon
(23749) DM 5,80
Kampfstern Galactica 3
Die Gräber von Kobol
(23750) DM 5,80
Kampfstern Galactica 4
Die jungen Krieger
(23751) DM 5,80

LARSON, GLEN A. / RESNICK, MICHAEL
Kampfstern Galactica 5
Die Entdeckung der Erde
(23752) DM 5,80

LARSON, GLEN A. / YERMAKOV, NICHOLAS
Kampfstern Galactica 6
Zu Lebzeiten Legende
(23790) DM 5,80
Kampfstern Galactica 7
Krieg der Götter
(23791) DM 5,80

LARSON, GLEN A. / GOULART, RON
Kampfstern Galactica 8
Grüße von der Erde
(23792) DM 5,80

SMITH, L. NEIL
Neue Abenteuer mit dem Held aus »Krieg der Sterne«:
Lando Calrissian und die Geistharfe von Sharu
(23785) DM 5,80 DE (Nov. '84)
Lando Calrissian und der Flammenwind von Oseon
(23786) DM 5,80 DE (Jan. '85)
Lando Calrissian und die Sternenhöhle von Thon Boka
(23787) DM 6,80 DE (März '85)
Der »Krieg der Sterne« hat neue Kapitel... Nach Han Solo bekommt nun auch die zweite Hauptfigur aus den Erfolgsfilmen ihre eigene Serie. Drei in sich abgeschlossene Einzelabenteuer.

Zeichenerklärung:
DE = Deutsche Erstveröffentlichung
● = Originalausgabe

Fantasy

BROOKS, TERRY
Das Schwert von Shannara
(23828) DM 5,80
Der Sohn von Shannara
(23829) DM 5,80
Der Erbe von Shannara
(23830) DM 5,80
Die Elfensteine von Shannara
(23831) DM 5,80
Der Druide von Shannara
(23832) DM 5,80
Die Dämonen von Shannara
(23833) DM 5,80

CHALKER, JACK L.
Fünf Zaubersteine zu binden fünf verschied'ne Welten
(23808) DM 6,80

CHANT, JOY
Wenn Voiha erwacht
(23845) DM 6,80
Der Mond der brennenden Bäume
(23803) DM 9,80

COULSON, JUANITA
Das Netz der Magier
(23849) DM 8,80

DREW, WAYLAND
Der Drachentöter
Das Buch zum Film.
(23814) DM 6,80

FEIST, RAYMOND
Midkemia
Erstes Buch: **Pug und Tomas**
(23842) DM 9,80
Midkemia
Zweites Buch: **Milamber und die Valheru** (23843) DM 9,80

FLINT, KENNETH C.
Der Sohn der Sidhe
(23816) DM 7,80

FORD, RICHARD
Melvaigs Vision
(23841) DM 8,80
Das Vermächtnis der Eldron
(23818) DM 9,80

GOLDMANN FANTASY FOLIANT
Band 1: Herausgegeben von Peter Wilfert
● (23819) DM 9,80
Autoren: Chant, Lynn, LeGuin, Ford, Wilder, Hohlbein u.a.
Farbbilder: Gebrüder Hildebrandt
Band 2: Herausgegeben von Thomas Le Blanc
● (23823) DM 9,80
Fantasy aus Deutschland
Autoren: Hohlbein, Kreimeier, Pukallus, Weigand, Morgenthal u.a.
Farbbilder: Ul de Rico
Band 3: Herausgegeben von Peter Wilfert
● (23844) DM 9,80
Geschichten internationaler Autoren: Die deutsche Erstveröffentlichung eines Kurzromans von Joanna Russ, der feministischen SF-Autorin, Welterstveröffentlichungen von Aldiss, Sturgeon, Shaw u.a.

HARRIS, GERALDINE
Die sieben Zitadellen:
1: Der Prinz der Götter
(23852) DM 6,80
2: Die Kinder des Windes
(23853) DM 6,80
3: Das Königreich der Schatten
(23854) DM 6,80
4: Das Tor des Erlösers
(23855) DM 6,80 DE (Nov. '84)
»Ein fesselndes Epos.« (Sunday Times)

HAZEL, PAUL
Die drei Zweige des Finn:
1: Jahreswald
(23856) DM 7,80 DE (Nov. '84)
2: Meeresgrund
(23857) DM 7,80 DE (Jan. '85)
3: Winterkönig
(23858) DM 7,80 DE (März '85)
»Seit Patricia McKillip hat man kein so vielversprechendes Debüt mehr gesehen.« (Andre Norton)

HOHLBEIN, WOLFGANG E.
Das schwarze Schiff
● (23850) DM 6,80
Die brennende Stadt
● (23838) DM 7,80
Das tote Land
● (23839) DM 7,80
Der steinerne Wolf
● (23840) DM 7,80
Der wandernde Wald
● (23827) DM 8,80

KAHN, JAMES
Neue Zeit und Welt
(23822) DM 8,80
Zeit und Welt genug
(23810) DM 7,80
Der Herbst von Zeit und Welt
(23863) DM 8,80 DE (März '85)
Der phantastischste der drei Bände — ein krönender Abschluß. Die phantastische Welt der ersten beiden Bände geht plötzlich in unsere Realität über.

KRESS, NANCY
Der Weg zum Herz der Welt
(23815) DM 6,80

McKILLIP, PATRICIA A.
Erdzauber.
Die Schule der Rätselmeister
(23805) DM 6,80
Erdzauber.
Die Erbin von Wasser und Feuer
(23806) DM 6.80
Erdzauber.
Harfner im Wind
(23807) DM 6,80

MORRIS, DESMOND
Jason im Wunderland
(23862) DM 8,80 DE (Jan. '85)
Der erste Fantasy-Roman vom Autor des Bestsellers »Der nackte Affe«. In der Tradition von Lewis Carrolls »Alice im Wunderland«.

PINI, WENDY + RICHARD
Abenteuer in der Elfenwelt
(23847) DM 8,80

Fantasy

SPRINGER, NANCY
Das Inselreich: Schwanengold
(23846) DM 6,80
Das Inselreich: Fabeltier
(23837) DM 6,80
Das Inselreich: Weißhirsch
(23824) DM 5,80
Das Inselreich: Silbersonne
(23825) DM 7,80
Das Inselreich: Düstermond
(23826) DM 7,80

STALLMAN, ROBERT
Werwelt.
Erstes Buch: Der Findling
(23811) DM 6,80
Werwelt.
Zweites Buch: Der Gefangene
(23812) DM 6,80
Werwelt.
Drittes Buch: Der Nachkomme
(23813) DM 6,80

SWANN, T.B.
Der letzte Minotaurus
(23356) DM 4,80
Die tanzenden Zwerge von Yam
(23350) DM 4,80
Die heiligen Götter
(23342) DM 4,80
Die Bienenkönigin
(23304) DM 4,80

TOLLKÜHN, DSCHEY AR
Der Herr der Augenringe
Die Parodie von H.N. Beard und D.C. Kenney.
(23835) DM 5,80

WILDER, CHERRY
Die Königskinder:
1: Prinzessin Aidris
(23859) DM 7,80 DE (Dez. '84)
2: Wolfskrieger Yorath
(23860) DM 6,80 DE (Feb. '85)
3: König Sharn
(23861) DM 7,80 DE (April '85)
Bei dem alten Weisen Hagnild in Nordwald wächst ein Zwergenkind auf, dessen Herkunft keiner kennt. Eines Tages rettet der Zwerg die Zauberin Eulenfrau...

EIN FANTASY ROLLENSPIEL BUCH

Start der »zweiten Generation« von Fantasy-Rollenspielen in Deutschland: Rollenspiele-Bücher kombiniert mit dem Entwurf einer faszinierenden Fantasy-Welt.
Diese vollblütige, geheimnisvolle und von mächtigen Gegnern beherrschte Abenteuerwelt zieht den Leser/Spieler bei jeder seiner Entscheidungen im Handlungsverlauf in ihren Bann. Sichern Sie sich Ihren Anteil — werden Sie Mitspieler bei diesem Unternehmen!

DEVER, JOE / CHALK, GARY
Einsamer Wolf:
1: Flucht aus dem Dunkel
(23950) DM 6,80 DE
2: Feuer über den Wassern
(23951) DM 6,80 DE
3: Gefahr in den Höhlen
(23952) DM 6,80 DE
4: Schlacht bei den Gräbern
(23953) DM 6,80 DE

Preisänderungen vorbehalten.